Un enfant à Casavalle

KATE HARDY

Un enfant à Casavalle

Traduction française de
ERWAN LARHER

AZUR

HARLEQUIN

Collection : Azur

Titre original :
SOLDIER PRINCE'S SECRET BABY GIFT

HARPERCOLLINS FRANCE
83-85, boulevard Vincent-Auriol, 75646 PARIS CEDEX 13
Service Lectrices — Tél. : 01 45 82 47 47 - www.harlequin.fr
ISBN 978-2-2804-5297-7 — ISSN 0993-4448

Composé et édité par HarperCollins France.
Imprimé en octobre 2021 par CPI Black Print (Barcelone)
en utilisant 100% d'électricité renouvelable.
Dépôt légal : novembre 2021.

FSC www.fsc.org
MIXTE
Papier issu de sources responsables
FSC® C159065

Pour limiter l'empreinte environnementale de ses livres, HarperCollins France s'engage à n'utiliser que du papier fabriqué à partir de bois provenant de forêts gérées durablement et de manière responsable.

Prologue

Mai

Dix minutes avant minuit.

Dix minutes avant la fin du gala de charité et le départ des invités, puis cela lui prendrait encore trois quarts d'heure pour finir de ranger. Ensuite, Tia pourrait rentrer se coucher.

Elle était épuisée. Elle avait déjà une journée entière de travail dans les jambes, et le samedi était toujours une journée éreintante dans le café où elle était serveuse. Quand elle était rentrée chez elle après son service, elle n'avait qu'une envie : prendre un long bain et se blottir sur le canapé avec sa mère pour regarder un film. Hélas, Tia avait promis à sa vieille amie d'école Sadie, qui organisait un gala de charité ce soir-là dans un palace, qu'elle l'aiderait à servir les canapés et à débarrasser les verres. Or Tia ne revenait jamais sur ses promesses. D'autant que la cause – soutenir les enfants endeuillés – lui tenait à cœur. Pour l'avoir vécu deux fois, elle savait ce que c'était que de perdre un membre de sa famille.

Leur voisine Becky surveillait sa mère, comme elle le faisait toujours les rares fois où celle-ci parvenait à persuader sa fille de sortir. Dans moins d'une heure, Tia pourrait rentrer chez elle. Et dormir, puisque le dimanche elle ne prenait pas son service avant 10 heures.

Depuis quelques minutes, elle ne pouvait pas se défaire de

l'impression que quelqu'un la fixait pendant qu'elle s'affairait parmi les hommes en smoking et les femmes en robe du soir. Elle se retourna et croisa le regard d'un homme grand et brun de l'autre côté de la pièce. Il lui sembla familier, mais la moitié des personnes présentes à ce gala de charité étaient des célébrités. C'était un autre monde, dans lequel elle était censée être invisible – une serveuse anonyme qui souriait en tendant son plateau d'amuse-gueules ou débarrassant les verres vides.

Elle sortit sur la terrasse du palace pour débarrasser les guéridons qui y avaient été disposés. Soudain, elle réalisa qui était cet homme : Antonio Valenti.

Le prince Antonio Valenti de Casavalle, pour être précis.

Il avait été le meilleur ami de son frère aîné, Nathan, mais aussi son commandant dans les forces armées internationales. Quatre mois auparavant, Antonio Valenti avait brisé le cœur de Tia lorsqu'il leur avait appris, à sa mère et à elle, que Nathan avait été tué au combat. Il leur avait annoncé la nouvelle froidement, stoïque et calme dans son uniforme militaire, et n'avait même pas cillé en leur expliquant que le véhicule de Nathan avait sauté sur une mine et qu'il avait été tué sur le coup. Tia avait été trop choquée pour dire quoi que ce soit, mais Grace s'était effondrée en apprenant qu'elle avait perdu son fils de la même manière qu'elle avait perdu son mari, et Tia avait dû refouler son propre chagrin pour soutenir sa mère.

Le prince Antonio n'était même pas resté pour les réconforter et avait refusé la tasse de thé que Tia lui avait proposée. Il n'avait pas assisté aux funérailles et, à part une carte de condoléances sur laquelle il avait griffonné son nom, il n'avait plus été en contact avec elles depuis. Et ce soir, il était à Londres ?

Tia avait conscience qu'en plus d'être dans l'armée, Antonio Valenti était le fils du roi de Casavalle et avait d'importantes fonctions officielles. Cependant, n'aurait-il pas pu passer quelques minutes avec sa mère et elle juste pour partager quelques souvenirs de Nathan ? Tout ce dont sa mère avait besoin, encore aujourd'hui, c'était d'un petit geste pour lui faire savoir que Nathan avait compté.

Tu parles d'un prince charmant ! songea Tia. Comment diable son frère avait-il pu être ami avec quelqu'un d'aussi froid et insensible ?

Il n'était probablement présent au gala que par obligation officielle ; un homme comme lui ne semblait pas assez chaleureux pour s'intéresser au travail d'une organisation caritative ou aux enfants qui avaient perdu leurs proches à la guerre.

Tia le chassa de son esprit et continua à empiler des verres sur son plateau. Dans une demi-heure, elle serait chez elle et pourrait se reposer. Enfin…

Tia Phillips semblait absolument épuisée. La culpabilité se transforma en une boule dure dans la gorge d'Antonio.

Il était là lorsque le véhicule de Nathan, qui le précédait dans le convoi, avait été détruit par une mine. Nathan était mort sur le coup, mais savoir qu'il n'avait pas souffert n'avait en rien adouci la peine d'Antonio. Les hommes sous ses ordres étaient comme une famille pour lui. Et Nathan était son meilleur ami en plus d'être son second.

Antonio avait été élevé pour ne pas montrer d'émotion en public : en tant que prince de Casavalle, on attendait de lui qu'il soit flegmatique en toute situation. Son frère aîné Luca et lui avaient appris très jeunes que leur devoir passait toujours en premier ; et qu'il ne fallait jamais dire ou faire quelque chose qui pouvait donner l'impression que l'on avait perdu le contrôle ou la maîtrise. Cette insensibilité avait été renforcée par son entraînement militaire, et Antonio savait qu'il avait été pudique et mesuré lorsqu'il avait annoncé la nouvelle à la famille de Nathan.

Trop pudique et *trop* mesuré, peut-être, à leurs yeux…

Il savait à quel point Nathan aimait sa famille. Il savait aussi que Grace Phillips était malade et que Nathan et sa petite sœur Tia avaient passé leur enfance à s'occuper d'elle. Ils n'avaient pas vraiment eu la liberté d'être des enfants. Il avait silencieusement promis à son ami, à côté de son cercueil, qu'il garderait un œil sur les deux femmes de sa vie.

Malheureusement, il avait été appelé presque aussitôt pour une autre mission et il n'avait même pas pu se rendre à Londres pour assister aux funérailles de Nathan. Il avait écrit un mot à sa mère et sa sœur, et avait chargé Miles Montague, le secrétaire du palais, de l'envoyer. Mais une carte de condoléances ne remplaçait pas une présence physique.

Ensuite, la mort de son père, le roi Vincenzo, l'avait poussé à prendre un congé spécial de l'armée. Pendant les quatre mois qui venaient de s'écouler, Antonio avait soutenu Luca, destiné à monter sur le trône de Casavalle. Il avait participé aux préparatifs du couronnement et à ceux du mariage de Luca avec la princesse Meribel, la fille aînée du roi Jorge, souverain du royaume voisin d'Aguilarez. Il n'avait pas eu une minute à lui depuis son retour à Casavalle, aussi n'avait-il pas encore pu honorer la promesse faite à Nathan.

Pourtant, Antonio aurait dû trouver le temps. Surtout qu'il savait à quel point Nathan s'était senti mal de laisser sa sœur s'occuper de leur mère parce qu'il s'était engagé dans l'armée, à seize ans, afin de pouvoir envoyer de l'argent à la maison. Il aurait dû faire plus pour aider la famille de son meilleur ami ; être là pour eux, parce qu'il savait qu'ils n'avaient personne d'autre.

Tia Phillips lui avait jeté un regard avant de sortir sur la terrasse avec son plateau, mais il ignorait si elle l'avait reconnu ou non. Il avait conscience qu'elle travaillait mais, maintenant qu'il l'avait revue, il devait lui parler. Elle pourrait sûrement lui accorder deux minutes, non ?

Il prit congé des invités avec lesquels il bavardait et se

dirigea vers la terrasse. En poussant le battant, il faillit heurter la jeune femme.

— Désolé, dit-il. Tia. Je suis heureux de vous revoir.

— Merci, Votre Altesse, répondit-elle froidement. Je ferais bien une révérence, mais je préfère éviter de faire tomber mon plateau.

Il grimaça en percevant l'ironie de cette réplique. Mais il méritait d'être un peu maltraité de la sorte.

— Vous n'avez pas besoin de faire la révérence, et appelez-moi Antonio. Votre frère était mon ami.

— Très bien, Votre Altesse.

Et maintenant, elle le remettait à sa place ! Il s'était comporté avec elle et sa mère comme un étranger, donc Tia Phillips le traitait comme tel. Ce n'était pas surprenant, après tout : il récoltait ce qu'il avait semé. Il s'en tiendrait à une relation formelle, puisque c'était ce qu'elle semblait vouloir.

— Mademoiselle Phillips, je sais que vous travaillez, mais peut-être pourrions-nous parler quand vous aurez terminé ?

— Je m'en voudrais vraiment de prendre de votre temps alors que tant d'invités vous attendent, Votre Altesse.

Ce qui était une façon polie de lui dire qu'elle n'avait pas de temps à lui consacrer… Une autre rebuffade !

— Après votre service, dit-il toutefois, en jetant un coup d'œil rapide à sa montre. Le gala se termine dans cinq minutes.

Il lui sembla qu'elle allait trouver une excuse pour se défiler, alors il ajouta doucement :

— S'il vous plaît. Ce serait tellement bien de parler à quelqu'un qui a connu Nathan.

Pendant un instant, les magnifiques yeux bruns du prince Antonio furent emplis de douleur, puis son expression redevint neutre. Alors peut-être n'était-il *au fond* pas aussi froid et insensible qu'il le paraissait… Cette lueur de souffrance lui disait qu'il avait vraiment aimé son frère. Rien que pour cette raison, il avait droit à son indulgence, même si elle pensait toujours qu'il aurait dû se montrer plus présent pour leur mère.

— D'accord, concéda-t-elle. Je vous retrouverai quand j'aurai terminé ici. Mais je travaille demain, je ne pourrai pas rester longtemps.

— Merci. J'occupe la suite penthouse, ajouta-t-il après une pause. Mon équipe de sécurité vous laissera entrer. Je vais retourner auprès des invités : ce n'est pas très poli pour le président de l'association caritative de disparaître de la sorte.

Tia fronça les sourcils. Ainsi, le prince n'était pas seulement là en représentation ? Se souciait-il vraiment des enfants endeuillés ou était-ce bon pour son image ? Peut-être que la perte de son ami lui avait appris l'empathie…

À sa grande surprise, il lui tint la porte pour qu'elle puisse passer avec son plateau rempli de verres vides. Puis il se fondit dans la foule qui se clairsemait.

C'était surréaliste ! Elle avait rendez-vous avec un prince, dans sa suite. Un prince qui avait été le meilleur ami de son frère, mais, comme Nathan avait compartimenté son travail et sa famille, ce n'était que la deuxième fois qu'elle le rencontrait. La seule chose qu'ils avaient en commun était Nathan et le vide que sa mort avait laissé dans leurs vies.

Les minutes suivantes s'écoulèrent dans une sorte de brouillard. Quand les dernières tables furent débarrassées, Sadie la prit dans ses bras.

— Merci beaucoup de m'avoir aidée ce soir, Tia. Je te le revaudrai !

— C'est à ça que servent les amis. Et tu sais que c'est une cause qui me tient à cœur.

Elle avait été exactement dans la même situation que les enfants que l'association aidait.

— Prends un taxi pour rentrer. Je te rembourserai la course, offrit son amie.

Tia secoua la tête.

— Non, je vais marcher un peu. Cela me détendra.

Surtout après avoir rencontré le prince Antonio en privé, songea-t-elle – ce dont elle n'avait pas l'intention de parler à son amie.

— Alors je t'invite à dîner cette semaine. Pas de discussion ! décréta Sadie.

— Avec plaisir. En fonction de comment va ma mère, ajouta rapidement Tia.

Il n'était pas question qu'elle sorte si sa mère, malade, avait eu une rude journée. La famille passait avant tout.

— Et si j'apportais le dîner pour nous trois ?

— Oh ! Ce serait super ! s'exclama Tia. Maman serait tellement heureuse d'avoir de la compagnie !

— Alors on va le faire. Vérifie ton agenda demain et envoie-moi un SMS avec tes dates libres.

Tia était reconnaissante envers Sadie, l'une de ses amies d'école, qui comprenait sa situation et faisait l'effort de rester en contact avec elle. Sa mère l'avait encouragée à faire sa vie, mais Tia n'avait pas envie de quitter sa mère, dont la santé n'était vraiment pas bonne. En s'éloignant de la maison, elle se serait inquiétée sans cesse pour Grace ; alors, elle l'avait convaincue qu'elle était beaucoup plus heureuse en restant auprès d'elle.

Elle souhaita bonne nuit à Sadie, puis, au lieu de quitter l'hôtel, elle prit l'ascenseur jusqu'au dernier étage. Lorsque les portes s'ouvrirent, Tia découvrit un homme en costume appuyé contre le mur en face d'elle. L'officier de sécurité du prince, déduisit-elle.

— Mademoiselle Phillips. Voulez-vous venir avec moi ?

Ce n'était pas une vraie demande, mais plutôt un ordre. Il savait qui elle était et l'attendait.

Tu ne peux plus reculer, ma fille…

Elle hocha la tête et suivit le gorille jusqu'à la porte de la suite. Il frappa.

— Votre invitée est arrivée, Votre Altesse.

Antonio Valenti ouvrit la porte

— Merci, Giacomo. Entrez, s'il vous plaît, mademoiselle Phillips. Merci d'être venue. Puis-je vous offrir un verre ? Du champagne ?

Le tapis était du genre dans lequel on s'enfonce. L'un des murs du salon était entièrement vitré et donnait sur la Tamise. Les lumières du pont et des bâtiments historiques de l'autre rive se reflétaient sur la surface sombre du fleuve.

— En fait, Votre Altesse, je prendrais bien une tasse de thé.

— Bien sûr. Vous êtes comme votre frère, ajouta-t-il avec un sourire. À la fin de la journée, la plupart des membres de l'équipe se détendaient avec une bière fraîche. Mais Nathan disait que rien ne pouvait mieux le rafraîchir qu'une tasse de thé.

Tia pouvait presque entendre la voix de son frère prononcer ces mots. Sa gorge se serra.

— Assez fort pour qu'une cuillère y tienne debout. Un sucre. Un trait de lait. Et dans un mug, pas dans une tasse

Elle eut alors la certitude que le prince avait vraiment été proche de Nathan ; parce que c'était exactement ce que son frère aurait dit. Tout à coup, elle se sentit un peu moins méfiante à son égard.

— Vous prenez le vôtre comme lui ? demanda-t-il.

— Oui. Merci, Votre Altesse.

À son grand étonnement, il prépara lui-même une grande théière. Elle s'était imaginé qu'un prince ferait appel au service d'étage. Il se joignit à elle pour boire du thé.

— Santé, dit-il, en levant son mug. À Nathan.

Elle répondit à son toast.

— À Nathan.

— Il doit terriblement vous manquer. Comme à moi.

Il posa les yeux sur elle et prit une grande inspiration.

— Je suis désolé de ne pas être resté en contact, mademoiselle Phillips. Ma vie est un peu compliquée en ce moment.

— Compliquée ?

— Mon père est mort peu de temps après Nathan. Mon frère aîné lui succédera, mais notre famille a beaucoup de choses à régler.

— Mes condoléances pour la perte de votre père, Votre Altesse, dit-elle avec sincérité.

— Merci. Je sais que vous avez été dans cette situation.

— À cette différence près que j'avais dix ans quand papa est mort. Il a été tué au combat, lui aussi.

— Cela doit être tellement dur pour vous ! Perdre son père et son frère de la même façon…

Tia acquiesça d'un hochement de tête, touchée par la douceur de son interlocuteur.

— C'est l'une des raisons pour lesquelles j'ai travaillé ici ce soir. Je voulais faire ma part pour aider l'association.

— Vous étiez bénévole ? demanda-t-il, l'air surpris.

— Oui. Je travaille dans un café.

Un vrai café italien, tenu par un couple de Napolitains qui l'aimaient beaucoup et lui donnaient toujours des friandises pour sa mère.

— C'est généreux de votre part. Et comment va votre mère ?

— Bien.

Ce n'était pas tout à fait vrai, même si la semaine écoulée avait été plutôt bonne – Grace était parfaitement mobile et pas aussi épuisée qu'à l'habitude. Le syndrome de fatigue chronique était une maladie avec des hauts et des bas, et Tia savait que dans les jours à venir, sa mère risquait de pouvoir à peine sortir de son lit et aurait besoin de beaucoup d'aide pour les tâches du quotidien.

— Je suis désolé, déclara Antonio, l'air contrit. J'aurais dû rester en contact.

— Ou venir à l'enterrement.

Tia mit la main devant sa bouche. Le reproche avait jailli avant qu'elle ne puisse l'arrêter.

— Toutes mes excuses. J'avais l'intention d'être là, mais j'ai été appelé en mission, et il m'était impossible de déléguer.

Elle reconnut en son for intérieur que c'était une excuse valable, mais elle pensait toujours qu'il aurait pu envoyer un mot personnel à sa mère. Comme s'il avait deviné ce qu'elle pensait, il dit :

— J'ai écrit une lettre pour m'excuser de mon absence.

— Nous n'avons rien reçu.

— Je suis désolé qu'elle ne soit pas arrivée, répondit-il en fronçant les sourcils. Je vous promets que j'ai écrit.

— La lettre a dû se perdre. Ce n'est pas votre faute.

— Qu'est-ce que je peux faire pour vous aider ?

— Rien, répliqua-t-elle aussitôt.

Sa mère et elle n'avaient besoin de personne. Elles se débrouillaient très bien toutes seules. Elles avaient leurs routines et des amis pour les soutenir. Elles n'avaient pas besoin qu'un prince leur tende la main pour apaiser sa propre conscience.

— Nathan m'a souvent dit que vous étiez fière et indépendante, dit doucement Antonio. Ce qui est une bonne chose. Mais votre frère faisait partie de mon équipe. Il était mon ami. Et malgré ce que vous devez penser, mon équipe est comme une famille pour moi. Si je peux vous faciliter la vie, mademoiselle Phillips, faites-le-moi savoir. Nathan n'aurait pas voulu que vous refusiez.

Lui offrait-il une aumône financière ? se demanda Tia, qui avait du mal à garder son calme.

— Merci, Votre Altesse, répondit-elle poliment, mais nous nous débrouillons très bien.

— Je n'avais pas l'intention de vous offenser. Je…

Il s'interrompit. Il semblait rongé par la culpabilité.

— Je n'ai rien pu faire pour sauver votre frère.

— Ce n'est pas votre faute s'il a été tué. Et Nathan connaissait les risques du métier avant de s'engager. Il a suivi les traces de notre père.

— Je sais. Mais cela n'empêche pas qu'il me manque.

Il eut l'air choqué, comme s'il n'avait pas voulu prononcer ces mots à voix haute. De nouveau, une lueur de tristesse traversa son regard, puis disparut. Antonio semblait être seul au fond de lui. Tia avait eu un aperçu de l'homme caché derrière le masque froid et posé du prince. La voix de son frère résonna dans sa tête : « Il aurait bien besoin d'un câlin. »

Ce n'était pas très protocolaire, mais certaines choses étaient plus importantes que l'étiquette. Tia posa son mug sur la table basse, s'approcha du prince Antonio et l'entoura de ses bras.

Pendant un très long moment, il resta figé, crispé. Alors que Tia était sur le point de s'excuser et de faire un pas en arrière, il serra les bras autour d'elle et la retint contre lui.

Elle avait vraiment fait un geste instinctif de réconfort, une manière de partager leur chagrin. Mais l'un d'eux bougea – Tia n'aurait su dire si c'était elle ou lui –, et la joue d'Antonio fut bientôt contre la sienne. Sa peau la picota là où elle était en contact avec celle du prince. Un autre petit mouvement – de qui ? – et les coins de leurs bouches s'effleurèrent.

Le picotement se répandit dans tout le corps de Tia, puis se transforma en onde sensuelle lorsque leurs lèvres se frôlèrent.

Tu ne devrais pas faire ça…

Il était prince, et elle était serveuse. Leurs vies étaient si éloignées l'une de l'autre ! Aucun des deux n'était en position d'entamer une relation. Il avait des obligations officielles ; elle devait travailler et s'occuper de sa mère. Rien ne pouvait naître sur un tel terreau.

Mais la tentation du réconfort était forte. D'en trouver auprès de lui et de lui en donner. Peut-être en avaient-ils tous les deux besoin. Juste pour une nuit. Sans lendemain. Antonio n'avait montré aucune émotion lorsqu'il était venu leur annoncer la nouvelle de la mort de Nathan ; de son côté, Tia avait contenu ses larmes parce qu'elle devait être forte pour sa mère.

Lorsqu'il rompit le doux baiser et la regarda au fond des yeux, elle put voir des larmes briller dans les siens. Tia aurait juré qu'il essayait de réprimer son émotion. Peut-être que ce soir, ils pourraient pleurer ensemble. Trouver un exutoire ensemble. Se consoler l'un l'autre. Se guérir l'un l'autre.

— Restez avec moi, Tia, chuchota-t-il.

Le bon sens lui commandait de partir. Elle devait travailler le lendemain matin. Et elle devait penser à sa mère. Mais Becky était juste à côté si Grace avait besoin d'aide. Pour l'instant, Antonio avait besoin d'elle et elle avait besoin de lui.

Elle posa la paume contre sa joue.

— D'accord.

1.

Novembre

Tia secoua la tête en raccrochant et poussa un long soupir. Une fois encore, Miles Montague, le secrétaire du palais royal de Casavalle, avait été parfaitement poli avec elle. Mais, comme lors de chacun de ses précédents appels, il avait refusé de lui passer Antonio. Et, comme à chaque fois, elle l'avait supplié de demander au prince qu'il la rappelle, avait expliqué qu'elle le connaissait et que c'était très important. Elle avait déjà raconté qu'Antonio avait été l'ami de son frère, Nathan Phillips. Le secrétaire du palais n'aurait-il pas dû connaître les noms des frères d'armes de son propre prince ?

Miles Montague lui avait fait comprendre que le prince Antonio était l'un des célibataires les plus courtisés de la jet-set internationale. Le secrétariat recevait des centaines d'appels de femmes qui prétendaient le connaître parce qu'elles lui avaient serré la main une fois ou l'avaient croisé lors d'une soirée. Miles Montague pensait manifestement qu'elle n'était qu'une groupie. Il avait cependant toujours été gentil et lui avait demandé quelle était la teneur de ce problème urgent. Or il était impossible à Tia d'en parler à une autre personne qu'Antonio lui-même. C'était de sa bouche qu'il devait apprendre que leur seule nuit ensemble, celle qui était censée les réconforter tous les deux et ne plus jamais être évoquée, avait eu des conséquences…

Hélas, elle devait se faire une raison : depuis un mois et demi, elle avait essayé une douzaine de fois de joindre Antonio afin de lui apprendre qu'elle attendait un enfant de lui. En vain. Elle n'avait pas son adresse électronique et se doutait que les lettres étaient lues avant d'être transmises aux membres de la famille royale. Tia n'avait donc pas d'autre choix que de se rendre à Casavalle afin d'annoncer en face la nouvelle à Antonio. Si elle s'asseyait sur les marches du palais et refusait de bouger, ils la laisseraient le voir, non ?

Les premiers temps, elle n'avait pas du tout l'intention de lui dire qu'elle attendait son bébé. Comme elle avait toujours eu des règles irrégulières, elle avait réalisé qu'elle était enceinte seulement au bout de deux mois. Ironie du sort, le jour où elle avait fait son test de grossesse, elle avait lu dans le magazine people qu'elle avait acheté pour sa mère un article sur le prince Antonio de Casavalle ; le journaliste se demandait laquelle des quatre femmes au bras desquelles on l'avait vu ce mois-là pourrait devenir son épouse…

Tia s'était imaginé qu'elle avait eu accès au vrai Antonio, à l'homme derrière le prince, celui avec lequel son frère était ami, mais peut-être après tout était-il le play-boy insouciant que les médias décrivaient. Et il y avait fort à parier qu'il n'avait pas vraiment eu besoin d'elle pour le réconforter, cette nuit-là, parce que des hordes de femmes étaient prêtes à le faire. Elle s'en voulait tellement d'avoir bêtement succombé qu'il avait fallu un mois de plus à sa mère pour la convaincre d'annoncer sa grossesse à Antonio.

Six semaines plus tard, elle ne lui avait toujours rien dit, mais ce n'était pas faute d'avoir essayé.

Elle n'attendait rien de lui, ni pour elle ni pour le bébé, et surtout pas de l'argent. Si elle avait l'intention d'informer Antonio, c'était parce qu'il avait été l'ami de son frère. Ils n'avaient aucune obligation l'un envers l'autre, et leurs vies étaient trop différentes pour que quoi que ce soit se produise.

Tia se connecta à Internet. Le vol le moins cher pour Casavalle lui permettrait d'arriver le lendemain soir vers 20 h 30. Elle n'avait aucune idée de la distance entre l'aéroport et le palais, mais, même si elle n'avait pas à attendre pour récupérer ses bagages, elle devrait quand même passer la sécurité et la douane. Elle avait peu de chances d'être au palais avant 10 heures du soir, trop tard pour solliciter une entrevue.

Pour arriver en début d'après-midi, elle devrait quitter Londres très tôt le matin et changer d'avion à Rome – une escale de deux heures. Le vol était plus cher, mais, si elle prenait l'autre, elle devrait payer une chambre d'hôtel. Elle opta donc pour le trajet avec une correspondance. Une fois au palais, elle demanderait à parler à Miles Montague. Dès qu'il la verrait, il comprendrait pourquoi il était si important qu'elle parle à Antonio. Ensuite, elle pourrait rentrer chez elle.

Antonio poussa un long soupir et leva la tête du dossier qu'il étudiait. Parfois, il aimerait tant pouvoir ne plus être prince de la maison royale des Valenti, se mettre en congé de son titre et des obligations qui y étaient rattachées !

Mais comment se mettre en congé quand on venait de se découvrir une sœur aînée, qui allait très probablement prendre la place de leur père à la tête du royaume ? Comment se mettre en congé quand son frère aîné avait tout juste annulé un mariage que tout le royaume attendait avec impatience ? En effet, la fiancée de Luca, la princesse Meribel, avait annoncé à celui-ci la veille de la cérémonie qu'elle était enceinte de son grand amour. Luca avait désiré s'éloigner du palais et était parti rencontrer leur demi-sœur Gabriella au Canada ; ce qui signifiait qu'Antonio, qui aurait dû aller au Canada, était coincé à Casavalle et devait assumer la responsabilité du royaume.

Bien qu'il ait longtemps été second dans l'ordre de succession au trône, il ne s'était pas vraiment attendu à devoir exercer ce genre de responsabilités. Il avait imaginé que son père régnerait encore très longtemps, puis que Luca prendrait la relève, et qu'ensuite Luca et la princesse Meribel auraient des enfants qui seraient la prochaine lignée.

Or l'année écoulée avait bouleversé leurs vies et tout ce en quoi il avait cru jusqu'alors.

La vie au palais se révélait beaucoup plus stressante que de prendre part à des missions dangereuses dans l'armée. Au moins, en tant que soldat, Antonio savait ce qu'il avait à faire. Il avait une stratégie, une équipe sur laquelle il pouvait compter. Diriger un pays était différent, et une équipe gouvernante n'était ni aussi disciplinée ni aussi obéissante qu'un régiment.

Il aimerait juste pouvoir disposer d'une journée à lui, une journée pour rassembler ses pensées et se retrouver au lieu de gérer des urgences politiques. Leur père avait-il vécu dans cet état de tension toute sa vie ? Était-ce la raison pour laquelle le roi Vincenzo avait toujours été si distant, même avec ses fils ? Sans compter qu'il fallait constamment surveiller ses paroles, ses attitudes, pour ne pas prêter le flanc aux interprétations.

Trois coups frappés à sa porte le tirèrent de ses pensées. Lorsqu'il lança « entrez ! », Miles Montague, le secrétaire du palais, apparut.

— Bonjour, Miles. Que puis-je faire pour vous ?

Il espérait que ce n'était pas une nouvelle réunion ou un nouveau problème à résoudre. Toutefois, Miles, habituellement imperturbable, avait l'air très nerveux. Le palais était-il sur le point d'être frappé par un autre scandale ? La croyance populaire voulait que les problèmes surviennent par trois : une princesse qui apparaissait dans le paysage, des fiançailles royales rompues brutalement, quelle allait être la troisième plaie ? Antonio avait l'impression de vivre dans une série télévisée et il n'appréciait pas du tout ce sentiment. Il souhaitait de tout son cœur être de retour à l'armée et exercer le travail pour lequel il se sentait fait.

— Votre Altesse…, commença Miles.

— Que se passe-t-il ? lâcha Antonio.

— Je… quelqu'un sollicite une entrevue avec vous.

Qu'y avait-il là de si inquiétant ? se demanda-t-il en plissant les yeux.

— Qui ?

— Une jeune femme. Une certaine Tia Phillips. Elle dit qu'elle vous connaît.

Quoi ? ! Tia est ici ?

Antonio se secoua mentalement pour évacuer sa stupéfaction et refoula le petit frisson de désir qui le traversait. Ce qu'ils avaient partagé n'allait pas se répéter. Ils s'étaient tous les deux entendus pour dire que c'était pour une nuit seulement, pour se réconforter, et qu'aucun n'avait d'attentes envers l'autre. Miles n'avait pas besoin de savoir quoi que ce soit à ce sujet.

— Oui, elle me connaît. J'ai servi avec son frère.

La culpabilité envahit Antonio. D'une certaine manière, il avait abandonné Tia deux fois. La première après lui avoir dit que son frère avait été tué, parce qu'il ne savait pas comment faire face ; puis il avait été rappelé au travail, son père était mort et il avait été occupé par des fonctions officielles. La deuxième fois, c'était cette nuit-là, à Londres, après le gala de charité, où ils avaient fini dans son lit. Tia avait disparu tôt le lendemain matin, avant qu'il se réveille, lui laissant un mot pour expliquer qu'elle était attendue au travail. Cela l'avait bien arrangé en lui évitant une confrontation. Pourtant, si une part de lui s'était sentie soulagée de ne pas avoir à faire face à la situation et à ses émotions, une autre partie de lui s'était sentie coupable d'avoir couché avec la petite sœur de son meilleur ami.

Il avait prévu d'appeler Tia, ce matin-là, au moins pour voir s'il pouvait faire quelque chose pour aider sa mère. Il n'était pas un goujat, même si certains médias people aimaient le caricaturer en play-boy. Ce qui était vrai, c'était qu'il ne voulait pas se caser. Ses relations amoureuses étaient courtes, et il se montrait toujours très clair avec ses maîtresses sur le fait qu'il n'avait aucun avenir en commun à leur offrir.

Il s'apprêtait à appeler Tia ce matin-là lorsque sa mère lui avait téléphoné pour lui annoncer qu'une jeune libraire canadienne, Gabriella Ross, était peut-être sa demi-sœur et pouvait donc prétendre au trône de Casavalle. La reine Maria avait besoin que son plus jeune fils revienne au palais toutes affaires cessantes pour l'aider à tirer cela au clair – Luca était occupé à gérer le pays et à préparer son mariage. Antonio avait aussitôt oublié Tia et était rentré directement à Casavalle sans prendre contact avec elle.

À peine était-il de retour que la princesse Meribel lâchait sa bombe et que le mariage de Luca était annulé. Ces dernières semaines, Antonio avait eu l'impression de n'avoir pas eu une seconde à lui.

— Elle a téléphoné au palais plusieurs fois, annonça Miles, mais je ne m'attendais pas à ce qu'elle se présente ici.

Antonio ne put masquer sa surprise : pourquoi Tia l'avait-elle appelé ?

— Et vous ne me l'avez pas passée ?

Miles grimaça.

— Je ne voulais pas répéter l'erreur commise avec la lettre de Gabriella à la reine Maria.

Le secrétaire du palais avait transmis sans l'ouvrir à leur mère une lettre qui portait la mention « Personnel et confidentiel ». Du fait de cette négligence, la reine avait appris avant ses fils que le roi Vincenzo avait eu une fille de son premier mariage, Gabriella, héritière légitime du trône. Luca s'était montré très dur avec Miles. Depuis, celui-ci était extrêmement vigilant quant aux messages qui parvenaient aux membres de la famille royale. Toutefois, Antonio était plus accessible que son frère ne l'était ou que leur père ne l'avait été. Et Miles le connaissait depuis assez longtemps pour savoir qu'il ne serait jamais glacial avec lui s'il faisait une erreur.

Antonio sourit.

— Ce n'est pas grave, dit-il, rassurant. J'ai travaillé avec le frère de Tia. C'était un bon ami. Je peux prendre quelques minutes pour lui parler. Où est-elle ?

— Dans mon bureau. Mais, avant que vous alliez la voir, sachez qu'elle affirme être enceinte de six mois et que vous êtes le père du bébé qu'elle attend.

Antonio eut l'impression qu'un immeuble lui dégringolait sur le crâne. Le souffle coupé, il fit un rapide calcul mental. Ils avaient couché ensemble en mai et on était en novembre.

Six mois…

Antonio avait l'intime conviction que Tia Phillips n'était pas faite du même bois que la princesse Meribel, qui avait été à deux doigts de faire croire à Luca que son bébé était le sien. Il se souvenait que Nathan était fier de sa petite sœur, de son indépendance, de sa loyauté, de sa débrouillardise. Il pressentait qu'elle ne mentait pas.

— Bien sûr, le bébé ne peut pas être le vôtre…, avança Miles.

Antonio ne répondit pas, l'esprit en ébullition. Tia devait savoir depuis au moins trois mois qu'elle était enceinte, probablement plus. Pourquoi diable ne lui avait-elle rien dit avant ?

— Depuis combien de temps cherche-t-elle à me contacter ? demanda-t-il.

— Quelques semaines, admit Miles d'un ton gêné.

Donc elle avait dû essayer de lui apprendre la nouvelle

dès qu'elle avait su. Si Miles avait fait obstruction, venir à Casavalle avait dû être son dernier recours.

— J'en ai parlé au prince Luca, poursuivit Miles. Il a convenu qu'il était plus que probable que comme tant d'autres, elle était mythomane et que…

— Attendez ! le coupa Antonio. Luca était au courant ?

— Qu'elle vous avait appelé, pas qu'il y avait bébé. Je ne l'ai découvert qu'aujourd'hui, quand je l'ai vue. C'est… heu… assez visible.

— Nous en discuterons plus tard, trancha Antonio. Avec Luca, aussi. Je dois la voir. Maintenant.

— Vous voulez dire qu'elle dit la vérité, Votre Altesse ?

— Oui, avoua Antonio d'un ton sinistre.

La culpabilité qu'il ressentait pour avoir couché avec la petite sœur de son ami le brûlait comme de l'acide. Non seulement il avait couché avec elle, mais il l'avait mise enceinte.

Il se précipita hors de son bureau, le cœur battant.

Tia se sentait mal, et cela n'avait rien à voir avec sa grossesse. Qu'est-ce qu'il lui était passé par la tête pour venir ici ? Maintenant que Miles Montague l'avait laissée dans son bureau, elle se rendait compte du ridicule de la situation. Elle était dans un palais – un palais, pour l'amour du ciel ! Les gens comme elle n'allaient pas dans les palais, sauf pour les visiter pendant leurs vacances ! C'était surréaliste.

Et comment Antonio allait-il réagir à la nouvelle ? Choc ? Désarroi ? Épouvante ? Elle s'était dit pendant tout le voyage que sa réaction n'avait pas d'importance, qu'elle lui annoncerait la nouvelle et s'en irait ; pourtant, ça avait de l'importance maintenant qu'elle était là. Et une petite partie d'elle, très stupide, ne pouvait s'empêcher d'espérer qu'il serait ravi de la voir et la prendrait dans ses bras…

Aucune chance que cela arrive. Il serait le prince froid et distant qui lui avait annoncé la mort de son frère.

Il entra dans la pièce à ce moment précis et son attitude confirma aussitôt les craintes de Tia : il ne cilla pas, son visage resta un masque imperturbable, et cette petite partie stupide d'elle-même qui avait espéré l'impossible se ratatina puis mourut.

Le pire, c'était que l'attirance qu'elle avait ressentie pour lui était toujours là. Elle était même plus forte, maintenant qu'elle savait les sensations que pouvait procurer une nuit dans ses bras. Elle avait l'impression que son cœur exécutait des sauts périlleux.

Quelle idiote tu fais ! se morigéna-t-elle. Il était prince et elle était serveuse. Cendrillon n'était qu'un conte de fées pour divertir les enfants. Elle vivait dans la vraie vie, et son existence était aussi opposée à celle d'Antonio qu'il était possible de l'être. Ils n'avaient pas d'avenir ensemble.

— C'est bon de te voir, Tia, dit-il.

Si tel était le cas, cela ne se voyait pas. Le visage d'Antonio demeurait indéchiffrable.

— J'espère que Miles t'a offert quelque chose à boire, reprit-il.

— Oui.

Elle avait refusé. Tout ce qu'elle voulait, c'était voir Antonio, lui transmettre son message et partir pour prendre son avion de retour. Maintenant qu'il était là, face à elle, elle voulait *vraiment* partir.

— Je vais préparer du thé. Sauf si tu ne peux pas en boire.

Tia avait largement dépassé le stade des nausées matinales, mais elle n'avait aucune envie de s'attarder autour d'une tasse de thé.

— Non, merci. Je ne reste pas. Je suis juste venue… t'informer de la situation, conclut-elle en regardant son ventre, après une légère hésitation.

— À savoir que tu es enceinte de six mois, selon Miles. Tu aurais pu…

— Te le dire ? termina-t-elle à sa place, calme alors même qu'il s'ingéniait à la faire passer pour la méchante. J'ai essayé. J'ai téléphoné au palais plusieurs fois. Mais je ne voulais pas que tu l'apprennes par un message, je voulais te le dire de vive voix. M. Montague n'a jamais voulu me mettre en relation avec toi. Je lui ai pourtant dit que c'était important ! Comme tu ne m'as pas rappelée, j'ai supposé qu'il ne t'avait pas fait part de mes appels. Donc venir ici était ma seule option. Et maintenant, tu sais.

Antonio ne disait toujours rien, n'avait pas esquissé un seul geste dans sa direction. Cet homme avait-il un cœur ? Était-ce du sang ou du métal liquide qui coulait dans ses veines ? Avait-il oublié leur nuit, à Londres ?… De toute évidence, il avait tiré un trait dessus. Elle aussi, même si elle lui avait laissé un petit mot avant de quitter sa chambre, et qu'elle n'avait pu s'empêcher d'espérer qu'il l'appellerait – tout en sachant qu'il ne le ferait pas. Hélas ! ce qui n'aurait dû être qu'une nuit de sexe sans lendemain avait eu des conséquences imprévisibles…

Une idée la frappa soudain. Elle avait toujours supposé que Miles Montague n'avait pas transmis ses messages. Or peut-être l'avait-il fait. Ce qui signifierait qu'Antonio n'avait pas voulu la rappeler…

Elle n'était clairement pas désirée ici, et le bébé non plus.

Tia avait eu le temps de se faire à l'idée d'être mère célibataire. Elle ferait face, comme elle l'avait fait chaque jour depuis que Nathan avait rejoint l'armée et qu'elle s'occupait seule de leur mère. Elle avait alors seulement treize ans. Elle trouverait un moyen de jongler entre la maternité, son travail et la prise en charge de sa mère. Giovanni et Vittoria, ses patrons au café, étaient gentils et compréhensifs. Tout se passerait bien.

Elle refoula les souvenirs qui se bousculaient dans sa

tête depuis qu'Antonio était entré dans la pièce – la montée du désir, la sensation de sa peau contre la sienne, sa force combinée à une douceur surprenante. Bien que cet homme soit le père de son bébé, elle devait se rappeler qu'il était avant tout un prince de sang et que les sentiments qu'elle éprouvait à son égard étaient déplacés.

Elle ne voulait pas passer une minute de plus dans ce palais. Elle voulait partir. Maintenant.

— À présent, excuse-moi, j'ai un avion à prendre.

Elle se leva, attrapa son manteau et pivota vers la porte. Antonio s'approcha d'elle et lui toucha l'épaule, l'obligeant à se retourner vers lui.

— Tia. S'il te plaît, reste. Nous avons besoin de parler.

Le contact de ses doigts la fit frissonner. *Ressaisis-toi !*

— Nous n'avons rien à nous dire, dit-elle d'un ton brusque.

Antonio laissa descendre son regard jusqu'au ventre rebondi de Tia, puis la fixa de nouveau dans les yeux.

— Je crois que si.

— Écoute, je n'attends rien de toi. Je ne suis pas venue ici pour te demander de m'aider financièrement. Je n'ai pas l'intention de vendre mon histoire à la presse. J'ai juste pensé que tu avais le droit de connaître l'existence du bébé, c'est tout.

— Merci de me l'avoir dit. Et je suis désolé que le palais ait rendu le contact avec moi aussi difficile.

— Tu fais partie de la famille royale, il est normal que des précautions soient prises pour te protéger contre le harcèlement.

— Et toi, tu es la sœur de mon meilleur ami, dit Antonio. Je… je dois me faire à l'idée que je vais devenir père. Et contrairement à ce que tu penses, nous avons beaucoup de choses à nous dire. Mais d'abord, je vais nous faire du thé. Je suppose que tu n'as rien mangé depuis ton départ de Londres.

— J'ai mangé un demi-sandwich dans l'avion.

— Viens dans mes appartements. Je te préparerai un en-cas.

— Les princes ne cuisinent pas ! s'exclama-t-elle, étonnée par sa proposition.

— Dans l'armée, si ! répliqua-t-il en souriant. S'ils veulent être respectés par leurs hommes, ils font leur part du travail. Je sais faire le ménage, aussi.

— Si je m'attendais à ça ! lança-t-elle, amusée.

— Où est ta valise ?

— Je n'ai pas de bagages. J'ai une place sur le vol du soir pour Londres via Rome. Je n'avais pas l'intention de rester.

— Je t'en prie, ne pars pas. Je ne sais pas si tu as suivi l'actualité de Casavalle, mais il s'est passé beaucoup de choses, ici. Les journalistes people s'en donnent à cœur joie. Ils vont te voir et commencer à fouiner. Nous n'avons vraiment pas besoin de cela !

— Mais ils ne savent pas qui je suis ni pourquoi je suis là. Ils n'ont certainement même pas remarqué ma présence.

— Détrompe-toi, les paparazzis sont au courant de tout. Ils enquêteront, spéculeront, qu'importe la vérité tant que cela fait scandale et leur fait gagner des lecteurs. Ta mère sera une cible facile pour eux. À partir de maintenant et au moins jusqu'à la naissance du bébé, vous allez tous avoir besoin de ma protection. Ce qui inclut l'aide de Miles. Je vais lui demander de venir.

Le secrétaire du palais toqua à la porte quelques minutes plus tard.

— Est-ce que tout va bien, Votre Altesse ? s'enquit-il en refermant la porte derrière lui, l'air soucieux.

— Oui, répondit Antonio. Miles, je vous donnerai tous les détails plus tard, mais pour l'instant il ne faut pas ébruiter la présence de Mlle Phillips dans nos murs. Personne ne doit avoir vent de cette visite, et cela vaut aussi pour ma mère, Luca et Gabriella.

Il y avait une légère note d'avertissement dans son ton, et Miles Montague rougit.

— Bien sûr, Votre Altesse.

— Je leur parlerai quand je serai prêt, reprit Antonio d'une voix plus douce. Nous serons dans mes appartements. Tia et moi devons vraiment discuter en privé sans être dérangés.

— Si vous avez besoin de quoi que ce soit…

Antonio posa la main sur son épaule.

— Vous êtes là, je sais. Et je vous en suis reconnaissant.

Miles Montague hocha la tête, puis il se tourna vers Tia avec une expression contrite.

— Toutes mes excuses pour vous avoir éconduite lorsque vous avez téléphoné, mademoiselle Phillips.

Tia hocha la tête, touchée – même si se heurter à un mur l'avait plus d'une fois rendue furieuse. Elle pouvait comprendre pourquoi le secrétaire avait agi ainsi.

— Vous faisiez votre travail : protéger le prince.

— Et Tia va aussi être sous votre protection, désormais, ajouta Antonio à l'intention de Miles Montague.

Elle tressaillit : sa vie allait-elle changer à ce point ?

De l'extérieur, Tia avait trouvé le palais intimidant : un bâtiment massif en pierre blanche avec des tours, des tourelles et d'immenses fenêtres, planté au bout d'une longue allée bordée d'arbres énormes illuminés de lumières bleues et blanches.

L'intérieur, une fois gravies les larges marches, était encore plus intimidant, avec un immense hall d'entrée qui faisait penser à une cathédrale. Un sapin de Noël qui devait faire au moins dix mètres de haut y trônait, magnifiquement décoré avec ce qui ressemblait à des boules créées par un orfèvre de talent. Le public pouvait venir l'admirer, et c'était ainsi que Tia avait réussi à se faufiler et à demander à voir le secrétaire du palais.

L'arbre était magnifique, mais pas aussi émouvant que celui qu'elle dressait tous les ans avec sa mère, dont chaque babiole avait une signification et des souvenirs attachés. Elles ne l'installaient que la semaine précédant Noël alors que début novembre celui du palais de Casavalle était déjà en place.

Tandis qu'elle suivait Antonio dans les méandres du bâtiment, Tia ne pouvait s'empêcher d'admirer la splendeur de la décoration, des meubles, des tapis, des grands miroirs aux cadres dorés, des tableaux. Le moindre bibelot semblait provenir d'un musée ! C'était un autre monde, un monde dans lequel les gens comme elle n'avaient pas leur place.

Et c'était désespérant.

Finalement, Antonio ouvrit une porte et s'effaça pour la laisser entrer.

Le salon était beaucoup moins clinquant que ce qu'elle avait aperçu des autres pièces du palais. Les meubles n'avaient pas l'air trop anciens ni trop précieux, et il y avait beaucoup moins de dorures. Tia avisa des photographies sur la cheminée. Des membres de sa famille, supposa-t-elle en s'attardant sur les premiers clichés, mais aussi des camarades de l'armée. Des larmes lui piquèrent les paupières quand elle reconnut son frère parmi eux.

Antonio la guida jusqu'à la cuisine et lui proposa de s'asseoir, ce qu'elle fit. Il prépara du thé et lui confectionna un sandwich, malgré ses protestations.

— Tu es enceinte. Tu as besoin de manger.

Quelques minutes plus tard, elle dévorait un délicieux sandwich à la salade et au poulet. Antonio ne dit pas un mot jusqu'à ce qu'elle ait fini. Il sirotait son thé en la regardant. Tia dut bien s'avouer que se restaurer lui avait fait du bien.

— Tout d'abord, commença-t-il doucement, comment vas-tu ?

— Je vais bien.

— Vraiment bien ? Parce que je sais que certaines femmes ont des moments difficiles pendant la grossesse.

Elle haussa les épaules.

— J'ai eu des nausées matinales les premières semaines. Rien d'inhabituel.

Elle ouvrit son sac à main, en sortit une photo et la lui tendit.

— Tiens, je voulais te donner ça. C'est notre bébé. À l'échographie des vingt semaines, le mois dernier.

— Notre bébé…, répéta-t-il d'un air songeur.

Tia n'avait toujours aucune idée de ce qu'il pensait, de ce qu'il ressentait. Sa voix et son visage étaient totalement inexpressifs tandis qu'il regardait la photo. En surface, il était élégant, charmant, un vrai prince. Mais que cachait cette façade lisse et policée ?

— Bien, reprit-il. Je vais d'abord te poser la question difficile : as-tu l'intention de garder le bébé ?

— C'est bien trop tard pour choisir une autre option.

Elle ne l'aurait pas voulu, de toute façon.

— Ce n'est pas ce que je voulais dire : avais-tu prévu de donner le bébé à l'adoption après la naissance ?

Tia secoua la tête, horrifiée par une telle hypothèse. Comment pouvait-il imaginer une chose pareille ?

— Non !

— Donc tu le gardes.

— Oui.

— Alors j'ai des responsabilités financières envers toi.

— Ce n'est pas pour ça que je suis venue, je te le répète. Je peux me débrouiller.

Ce serait une lutte, mais elle était habituée à se battre. Elle s'en sortirait, comme toujours, en faisant le plus possible d'heures tout en s'occupant du bébé et de sa mère.

— Tia, c'est un bébé Valenti, déclara Antonio d'un air grave. Aujourd'hui, il serait en quatrième position dans l'ordre de succession au trône.

Elle ouvrit de grands yeux, estomaquée. Elle n'avait jamais envisagé la situation sous cet angle.

— Je… Quoi ?

— C'est un peu compliqué en ce moment à Casavalle. C'est pourquoi je n'ai pas pris contact avec toi après…

Après quoi ? avait-elle envie de lui jeter au visage. Après la nuit qu'ils avaient passée ensemble et qui n'avait rien signifié pour lui ? Après la nuit où ils étaient devenus parents sans le savoir ? Elle s'efforça cependant de rester aussi calme et posée que lui et le laissa poursuivre :

— … après Londres, termina-t-il après une hésitation. Tu m'avais laissé un mot avec ton numéro et j'avais l'intention de t'appeler plus tard dans la journée, après ton service. Mais ce matin-là, ma mère m'a parlé pour la première fois de Gabriella, la fille du premier mariage de mon père. Personne ne savait qu'elle existait. Ma mère requérait mon aide pour savoir comment gérer la situation, et Luca, qui gouvernait le pays et préparait son mariage, avait déjà fort à faire. Je devais revenir à Casavalle, ma famille comptait sur moi. Mon esprit était tellement focalisé sur ce problème que j'ai oublié de te téléphoner. J'en suis désolé.

Tia hocha la tête, compréhensive. Elle aussi avait le sens de la famille, tout comme Nathan l'avait eu. Ils avaient été là pour leur mère quand elle avait eu besoin d'eux. Elle avait été blessée qu'Antonio ne reprenne pas contact avec elle après le gala de charité, même si elle savait qu'un prince n'allait pas tomber amoureux d'une serveuse. À présent, elle voyait les choses avec plus de recul, et Antonio n'occupait plus la même place dans le paysage.

— Nous attendons les résultats de l'analyse ADN, poursuivit-il, mais ma mère, Luca et moi pensons tous qu'il est très probable que Gabriella soit effectivement l'aînée de notre père. Ce qui signifie qu'elle a le droit d'accéder au trône et de régner sur Casavalle. Elle n'a pas d'enfant, ce qui fait de mon frère Luca son héritier et le place en deuxième position dans l'ordre de succession au trône. Luca n'a pas non plus d'enfant, cela fait donc de moi son héritier et signifie que notre bébé est le quatrième dans l'ordre de succession.

À ce moment-là, Tia comprit pleinement que son enfant était de sang royal.

— Je…

Elle se tut, à court de mots, l'esprit brumeux. Elle peinait à prendre conscience de l'énormité de la situation.

— Comme je te l'ai dit, continua Antonio, c'est un peu compliqué, par ici. Le mariage de Luca avec Meribel était prévu depuis très longtemps. Quand elle a annoncé à mon frère, la veille de leur mariage, qu'elle portait l'enfant d'un autre homme, dont elle était amoureuse, et qu'elle ne pouvait donc pas l'épouser, il a fallu improviser. Nous nous sommes mis d'accord avec la famille de Meribel pour annoncer officiellement que le mariage était annulé pour cause de différends irréductibles, mais les habitants d'Aguilarez, de l'autre côté des montagnes, ont supposé que Luca avait plaqué leur princesse au pied de l'autel. Ne pas dire la vérité entraînait des tensions entre nos deux royaumes, mais la dire aurait souillé l'image de la princesse Meribel, l'aurait déshonorée aux yeux de son propre peuple.

— Donc quoi que vous fassiez, vous étiez perdants, conclut Tia.

— Quelque chose comme ça. Sauf que quelqu'un a divulgué la vérité sur cette affaire. Pas de notre côté, s'empressa-t-il de préciser. Meribel se cache en ce moment, et on a l'impression que les médias ont placé Casavalle sous un microscope, scrutant le moindre de nos gestes dans l'espoir d'un scandale. Il suffit que quelqu'un t'ait remarquée, t'ait entendue demander à parler à Miles, et la rumeur peut naître : pourquoi une femme enceinte désirerait-elle voir le secrétaire du palais ? Certains informateurs ou journalistes sont très forts. Ils engagent la conversation à l'aéroport, tu penses qu'il s'agit d'une simple discussion avec un autre passager, qui te pose l'air de rien des questions et te soutire des informations sans même que tu t'en rendes compte. Les paparazzis sauront tout de toi avant même ton retour à Londres : où tu vis, où tu travailles, l'état de santé de ta mère. Dès que tu ouvriras ta porte, les flashs crépiteront, les micros se tendront vers toi, ils crieront ton prénom, tu ne pourras plus sortir de chez toi !

Tia laissa échapper un rire moqueur.

— Je crois que tu as vu trop de films !

— Dans la vraie vie, c'est pire que dans *Coup de foudre à Notting Hill*, crois-moi ! Si tu essayes de t'expliquer, tes propos seront déformés pour coller à ce qu'ils veulent t'entendre dire. Si tu ne dis rien, ils spéculeront. Ta vie ne t'appartiendra plus.

Elle se prit la tête entre les mains et la secoua en poussant un long soupir. Était-elle dans une impasse ?

Tia se redressa. Elle ne pouvait se laisser aller au désespoir. Elle devait reprendre du poil de la bête !

— Écoute, si tu peux me faire conduire à l'aéroport en secret, je te promets de ne bavarder avec personne jusqu'à ce que je sois rentrée chez moi.

— C'est déjà trop tard, Tia.

Son désespoir dut transparaître sur son visage, car Antonio lui prit la main.

— Aucun de nous n'avait prévu cela. Mais tu as tout mon soutien et tu as vraiment besoin de ma protection. Je pense que nous devons faire ensemble le point sur la situation, et le palais royal n'est pas le meilleur endroit pour cela. Je connais un endroit tranquille où nous pouvons aller passer quelques jours, ce qui nous donnera une chance de réfléchir et d'évoquer l'avenir.

— Mais je n'avais pas l'intention de rester ici, même pas une nuit ! protesta Tia. Je n'ai même pas de brosse à dents sur moi, encore moins de vêtements propres. Et ma mère m'attend à la maison ce soir.

— Alors, appelle-la. Dis-lui que tu restes ici un petit moment. Donne-moi trois jours, Tia, ajouta-t-il après une pause.

— Trois jours ? s'exclama-t-elle, horrifiée. Et si maman a besoin de moi ?

— Tu n'as pas un voisin ou un ami à proximité qui pourrait s'occuper d'elle ? Ou je peux engager une infirmière pour l'aider, si tu préfères. Nathan ne m'a pas dit grand-chose sur l'état de votre mère, si ce n'est qu'elle était malade depuis votre enfance. Et on m'a appris à ne pas poser de questions personnelles. J'ai donc peur de ne pas savoir à quel point elle est malade.

— Maman a le syndrome de fatigue chronique, dit Tia. On l'appelle aussi encéphalomyélite myalgique. Après que papa a été tué au combat, maman a attrapé un virus, et nous pensons que c'est ce qui a déclenché le syndrome, car elle ne s'en est jamais vraiment remise. C'est un peu comme la grippe, avec des douleurs articulaires, un mal de tête insurmontable et un épuisement absolu, mais ça ne disparaît pas au bout de quelques semaines, comme la grippe. C'est permanent. Elle a donc besoin de beaucoup de repos. Certains jours, elle va bien et on ne croirait jamais qu'elle est malade ; d'autres jours, elle peut à peine sortir du lit. Ce n'est pas comme lorsque l'on se sent un peu fatigué après une journée bien remplie : elle est complètement épuisée et ne peut rien faire. Si elle se sent vraiment bien et qu'elle en fait trop, elle le payera ensuite pendant quelques jours. Elle doit faire attention.

— Et tu t'occupes d'elle ?

— Oui, et je ne lui en veux pas une seconde. Je l'aime. C'est ma mère.

En grandissant, Tia avait parfois souhaité une vie plus simple, normale : avoir le temps de faire ses devoirs, de sortir avec ses amies et de rencontrer des garçons, au lieu de se battre pour suivre ses études, de s'inquiéter sans cesse pour sa mère et de ne jamais entamer de relation parce qu'elle savait que cela ne mènerait nulle part. Toutefois, elle avait fait de son mieux pour le cacher à sa mère, car elle ne voulait pas que celle-ci ait l'impression d'être un fardeau.

Grace l'avait encouragée à sortir avec ses amis, mais Tia n'aimait pas quitter sa mère. Sauf pour se rendre au travail, mais le café où elle était employée se situait au coin de la rue ; en cas d'urgence, elle pouvait rentrer chez elle en quelques minutes.

— Tia, dit doucement Antonio, nous allons devoir parler de la meilleure façon d'aider ta mère quand tu devras t'occuper en plus d'un bébé. C'est évident que tu ne pourras pas tout faire.

Oh ! si, elle le pouvait ! Elle l'avait toujours fait.

— Ça va aller. Je vais me débrouiller. On s'est toujours débrouillées, maman et moi.

Tia leva le menton. Elle se battrait, jusqu'à épuisement s'il le fallait.

Antonio était surpris de ressentir un tel instinct de protection envers Tia Phillips. Ce n'était pas seulement parce qu'elle était la petite sœur de son meilleur ami. Elle était courageuse, forte, indépendante, et ne cherchait pas la facilité – elle avait été très explicite sur le fait qu'elle n'attendait rien de lui. Il admirait son courage, mais en même temps il voulait la débarrasser de certains fardeaux. Ce qu'elle venait de lui dire, en plus du peu que Nathan avait laissé échapper, lui faisait réaliser qu'elle avait dû passer la majeure partie de sa vie à s'occuper de sa mère. Elle n'avait jamais vraiment eu une enfance normale.

Eh bien, elle n'aurait plus à se battre. Il pouvait l'épauler. Bien qu'il soit presque sûr que sa fierté se mettrait en travers du chemin et qu'elle refuserait toute aide. Il devait donc d'abord gagner sa confiance.

— Viens avec moi dans ma maison pendant trois jours, insista-t-il. Elle est dans les montagnes. Donnons-nous un peu de temps pour nous adapter à la situation.

Elle avait l'air déchirée.

— Ça dépend de la santé de maman.

— Appelle-la. Parle-lui. Vois ce qu'elle pense. Je vais te laisser un peu tranquille. Je t'attends dans le salon.

— Merci.

Antonio sortit de la pièce et referma la porte derrière lui. Que se passait-il avec les bébés, en ce moment, au palais ? se demanda-t-il. D'abord la mère de Gabriella, qui n'avait jamais dit à son ex-mari, le roi Vincenzo, qu'elle était enceinte et s'était enfuie pour se cacher avec leur fille au Canada ; ensuite, la liaison de la princesse Meribel, qui avait débouché sur une grossesse ; et maintenant Tia, qui attendait un enfant de lui après une seule nuit passée ensemble. Les médias allaient s'en donner à cœur joie…

Il avait les ressources pour surmonter la tempête, mais Tia était vulnérable.

Il n'y avait qu'une seule solution. Qui ne serait pas facile à faire accepter à Tia. Il allait devoir marcher sur des œufs…

Sa mère répondit à la troisième sonnerie.

— Comment vas-tu, maman ?

— Très bien, dit Grace, un peu trop rapidement au goût de Tia. Tu as pu voir le prince Antonio ?

— Oui, je l'ai vu. Maman, je…, reprit-elle, hésitante. Il veut que je reste trois jours. Il veut parler de tout ça.

— C'est une bonne idée.

— Mais je ne veux pas te laisser seule.

— Je vais bien, mon amour. Vraiment. Becky est à côté si j'ai besoin de quelque chose.

— Mais c'était juste pour aujourd'hui. Je ne peux pas lui demander de garder un œil sur toi pendant trois jours entiers.

— Tu n'as pas à le faire, je vais m'en occuper, affirma sa mère. Et au cas où tu t'inquiéterais, je n'en fais pas trop. Je peux gérer.

Tia n'en était pas si sûre.

— Mais si tu as une mauvaise journée, demain ?

— Alors Becky sera là. Tu dois parler au prince Antonio. Pour le bien du bébé et pour le tien. Il n'est pas de notre monde, c'est vrai, mais Nathan a toujours dit que c'était un homme bon. Écoute ce qu'il a à dire.

— Mais je ne peux pas rester ici ! Je n'ai pas de vêtements, aucune affaire de toilette !

Elle était habituée à être indépendante, à se débrouiller. Alors pourquoi avait-elle soudain envie de fondre en larmes ?

Sa mère dut ressentir son désarroi, car elle reprit d'une voix douce :

— Je suis sûre que quelqu'un au palais pourra te prêter quelque chose à porter. Ils doivent avoir des invités tout le temps. Je suis certaine qu'ils auront des articles de toilette à te fournir.

— Je ne veux pas avoir à demander. Je ne veux pas être dépendante.

Tia se souvint trop tard qu'elle parlait à quelqu'un qui ne voulait pas non plus être dépendante, mais qui n'avait pas le choix.

— Chérie, parfois, tu dois t'appuyer sur les autres, dit Grace, comme si elle avait lu dans ses pensées. Ne t'inquiète pas pour moi.

— Tu me donneras des nouvelles ?

— Je t'enverrai des SMS. Et je t'appellerai. Mais pour l'instant tu dois un peu penser à toi, ma chérie. Donne-toi la priorité.

C'était quelque chose que Tia n'avait jamais fait, et ça ne lui semblait pas le bon moment pour commencer.

— Et donne-la au bébé.

Elle poussa un soupir. Le bébé… Très bien, elle allait dire oui à Antonio. Pour que sa mère ne se fasse pas de souci. Et pour le bien de son enfant.

— D'accord, dit-elle. Mais je veux que tu me promettes que tu me feras savoir si tu as besoin de moi. Sinon, je vais m'inquiéter à mort pour toi.

— Je te le promets, dit Grace. Je t'aime, Tia.

— Je t'aime aussi, maman.

Quand Tia entra dans le salon, Antonio leva les yeux de son téléphone.

— Comment va ta mère ?

— Elle va bien.

— Alors tu vas rester ici avec moi pendant quelque temps ?

— Trois jours. Pour le bien du bébé.

— Parfait !

Il lui sourit. Tia fut déconcertée de réaliser que c'était le premier vrai sourire qu'elle voyait sur son visage depuis qu'elle était à Casavalle. Antonio Valenti était absolument magnifique quand il souriait. Mais elle chassa bien vite cette pensée, qui lui rappelait le plaisir qu'elle avait pris entre ses bras, à Londres. Ils n'avaient pas d'avenir ensemble. Tout ce qu'ils allaient faire était organiser le droit de visite – s'il le voulait.

— Et je dois faire savoir à mes patrons que je vais rester ici plus longtemps que prévu, ajouta-t-elle. Ils devront me remplacer en mon absence.

— Bien sûr. Appelle-les. Nous partirons dans les montagnes dès que tu seras prête. C'est là que je vais quand j'ai besoin de me ressourcer.

Tia imaginait sans peine que, en tant que membre de la famille royale, Antonio devait être sans cesse sous les feux des projecteurs. S'offrir une pause de temps à autre était sans doute nécessaire.

— Est-ce qu'on pourra s'arrêter dans un magasin, en chemin ? demanda-t-elle. Je n'ai rien emporté. Pas de produits de toilette, pas de pyjama, pas de vêtements propres.

— Donne-moi une liste de tout ce dont tu as besoin et ta taille de vêtements. Je vais m'en occuper.

Il avait probablement l'habitude de commander ses vêtements à des créateurs, alors qu'elle achetait les siens le plus souvent de seconde main ; et ses produits de toilette au supermarché, et non chez de prestigieux parfumeurs. Elle ne pouvait pas se permettre de gaspiller de l'argent.

— C'est très gentil de ta part, dit-elle prudemment, mais je ne suis pas sûre d'avoir le même budget que toi.

— Écoute, c'est ma faute si tu dois rester ici. Alors s'il te plaît, laisse-moi t'acheter quelques articles de base.

— Du moment qu'il s'agit *vraiment* d'articles de base.

L'idée d'avoir à accepter des choses de sa part la mettait mal à l'aise.

— Fais-moi une liste, dit Antonio. Ensuite, nous irons à Picco Innevato.

« Le pic enneigé », traduisit-elle mentalement. Il l'emmenait donc sans doute en haute montagne, fin novembre, en plein hiver… Tia espérait qu'il choisirait pour elle des vêtements adaptés au climat.

— Ce ne sera pas long, tu peux faire préparer ta voiture.

— Nous y allons avec mon jet privé.

— Bien sûr ! Où avais-je la tête ? répliqua-t-elle, sarcastique.

Elle oubliait parfois combien Antonio vivait différemment du commun des mortels. Elle n'avait pas pris l'avion très souvent, et quand elle l'avait fait, c'était toujours en classe économique. Un nouveau rappel, si besoin était, de l'énorme fossé qui les séparait.

— Tia, il est logique de prendre l'avion. Sinon, nous

devrions rouler dans l'obscurité sur des routes difficiles. Avec un peu de chance, les paparazzis ne sauront pas où nous sommes ; du moins pas avant que nous ayons trouvé comment gérer la situation.

« Gérer la situation » : quelle horrible expression pour évoquer leur bébé ! Soudain, elle se sentit plus seule et plus malheureuse que jamais. Chaque nerf de son corps lui disait de rentrer à Londres, où elle avait de la famille et des amis. Quel était l'intérêt de rester ici pour parler à Antonio ? Il lui avait clairement fait comprendre qu'il n'était pas intéressé. Tia était presque sûre de savoir comment cela allait se terminer : elle et le bébé vivraient ensemble à Londres, anonymes. Et son bébé serait très aimé. Alors qu'ici, au palais, il serait considéré comme une situation à gérer.

Si seulement Antonio la laissait retourner chez elle dès maintenant ! Elle signerait tous les papiers qu'il voudrait, le libérant de toute obligation envers elle ou le bébé, et s'engagerait à ne jamais parler à la presse. Elle voulait juste quitter Casavalle, être dans un endroit où elle n'avait pas l'impression d'être un caillou dans la chaussure de qui que ce soit.

2.

Après que Tia eut donné sa liste à Antonio et appelé ses patrons pour prolonger son congé, un chauffeur les emmena à l'aéroport. Giacomo, l'agent de sécurité d'Antonio qu'elle avait rencontré à Londres le soir du gala de charité, les accompagnait. Cela ne ressembla en rien aux expériences précédentes de Tia. Cette fois-ci, elle n'eut pas à faire la queue pour montrer son passeport aux douaniers ni à passer par un contrôle de sécurité. Voyager avec un membre de la famille royale de Casavalle offrait quelques avantages…

Le jet était plus petit que l'avion qu'elle avait pris à Rome, et l'intérieur ne ressemblait en rien à celui d'un avion de ligne. On se serait cru dans un salon luxueux, avec une moquette moelleuse, quatre sièges massifs et très confortables en cuir, et beaucoup d'espace pour les jambes. Il y avait aussi un coin bureau, avec une table de travail et beaucoup de place pour travailler.

— C'est comme ça que tu voyages tout le temps ? demanda Tia, impressionnée.

— Le plus souvent, je pilote moi-même l'avion, mais j'ai pensé que tu préférerais avoir de la compagnie.

— Tu sais piloter un avion ? s'exclama-t-elle.

Elle regretta aussitôt d'avoir posé la question. Comme c'était stupide et naïf de sa part ! Bien sûr qu'un homme comme Antonio Valenti était capable de piloter un avion.

Il haussa les épaules.

— J'ai appris il y a quelques années.

— Vous faites parfois des trajets en famille ?

— Non. Nous assistons rarement aux mêmes événements. Quand nous étions jeunes, Luca et moi voyagions avec notre nounou et notre équipe de sécurité, jamais avec nos parents.

À ces mots, Tia comprit que c'était pour des raisons de sécurité. La famille royale ne pouvait voyager que séparément, au cas où une catastrophe se produirait. Il était impensable que le roi et ses héritiers disparaissent tous en même temps.

— Désolée, c'était une question idiote, marmonna-t-elle.

— Je suis habitué à ce mode de fonctionnement depuis toujours. Mais je me rends compte que ce n'est pas ainsi que vivent les familles normales.

— Parle-moi de Picco Innevato, lança-t-elle, désireuse de changer de sujet.

— Cela signifie « pic enneigé ».

Tia se demanda si elle devait lui dire qu'elle avait appris des rudiments d'italien au contact de Giovanni et Vittoria, ses employeurs. Elle décida de garder le silence pour le moment.

— C'est un très joli village, reprit Antonio. En hiver, il dessert la station de ski voisine et, en été, les gens s'y rendent pour randonner. Ma famille possède une maison un peu à l'écart. Les villageois ne posent pas de questions et me traitent comme un voisin comme les autres.

— Je suppose que c'est comme vivre dans un bocal, quand on est au palais.

— Oui, les médias veulent connaître le moindre de mes mouvements. À Picco Innevato, je peux être moi-même. Enfant, j'y ai passé pas mal d'étés et je me suis lié d'amitié avec les enfants du coin. Nous jouions au football et courions ensemble dans la nature.

Quoi de plus normal que de jouer avec ses petits camarades quand on est enfant ? songea Tia. Elle-même allait au parc avec sa mère et Nathan, pour faire de la balançoire ou du toboggan. Il ne lui était jamais venu à l'esprit que d'autres gamins avaient reçu une éducation différente, devaient faire attention à tout ce qu'ils faisaient et à tout ce qu'ils disaient.

— C'était le paradis, on dirait, dit-elle.

— C'est vrai. Et je pense que cela m'a permis de rester en contact avec notre peuple mieux que si j'avais grandi uniquement au palais.

L'espace d'une seconde, il eut l'air triste, mais Tia ne voulait pas être indiscrète. Parce que alors il pourrait à son tour lui poser des questions embarrassantes, des questions auxquelles elle ne voulait pas répondre.

— Puis-je t'offrir un rafraîchissement ? demanda-t-il. Le vol durera environ vingt minutes.

Elle aurait aimé une tasse de thé, mais comme le vol était court, elle pouvait attendre.

— Non, merci.

Ils bavardèrent pendant le reste du voyage, autour de sujets légers et en évitant soigneusement, comme par un pacte tacite, les questions difficiles qu'ils devraient aborder plus tard : le bébé, ce qu'Antonio attendait d'elle, savoir s'il la laisserait rentrer tranquillement à Londres et disparaître – ce qui était son option préférée.

Installée sur le siège passager à côté d'Antonio, qui conduisait la voiture avec dextérité, Tia se laissait émerveiller par le paysage, malgré la présence de Giacomo à l'arrière. La route étroite sinuait à flanc de montagne. À droite, un à-pic vertigineux ; tout autour, la nature dans sa splendeur sauvage, enneigée, plantée de sapins majestueux.

Ne voulant pas distraire Antonio de sa conduite, Tia restait silencieuse, happée par le monde magique dans lequel elle pénétrait. Elle avait l'impression d'être dans un de ces contes que sa mère lui lisait quand elle était petite, où la jeune femme et le beau prince charmant finissaient par vivre heureux pour toujours.

Elle savait qu'il était irréaliste d'imaginer un happy end. Son monde était si différent de celui d'Antonio qu'elle ne pourrait jamais s'y intégrer. De plus, elle était enceinte de six mois, ce qui n'arrive jamais dans les contes de fées. Pourtant, dans ce décor de rêve, une petite partie d'elle commençait à espérer. Peut-être pourraient-ils trouver un moyen d'arranger les choses. Peut-être Antonio pourrait-il faire partie de la vie du bébé. Peut-être même pourrait-il aussi faire partie de sa vie à elle.

Tia avait ressenti une connexion spéciale avec Antonio durant la nuit qu'ils avaient passée ensemble. Quelque chose de plus que le sexe. Quelque chose de plus que l'attirance physique. Quelque chose qui lui faisait déchiffrer des années plus tard les regards qu'elle avait surpris entre ses parents quand elle était enfant, cette étincelle dans les yeux de sa mère et le sourire spécial que son père réservait à sa femme. Et quand Antonio l'avait embrassée, quand il l'avait portée dans son lit, un je-ne-sais-quoi de magique et de précieux avait crépité entre eux.

Mais peut-être qu'elle avait simplement fantasmé tout cela et qu'elle était redescendue de son petit nuage avec un bébé dans le ventre…

L'apparition du village de Picco Innevato, au détour d'un virage, tira Tia de ses rêveries. Il était d'une beauté à couper le souffle, avec ses toits en tuiles de terre cuite, ses maisons en pierre couleur miel qui se blottissaient les unes contre les autres autour de la vieille église. Ils atteignirent bientôt la jolie place du village, sur laquelle se dressait une fontaine. Des gens sur des échelles accrochaient les éclairages de Noël. C'était un village de carte postale, le genre de village dont elle avait rêvé en grandissant. Elle avait toujours aspiré à vivre à la campagne plutôt que d'être coincée dans un appartement exigu dans un quartier populaire de Londres.

Antonio sortit du village et s'arrêta peu après devant un grand portail. Il pressa une télécommande et les vantaux s'ouvrirent. Il emprunta la longue allée et se gara devant une grande maison en pierre.

— Bienvenue dans mon refuge, dit-il en se tournant vers elle. Je vais te faire visiter.

Pour Tia, un refuge était un endroit de taille modeste. Or cette maison était immense, surtout comparée au minuscule appartement de deux chambres qu'elle partageait avec sa mère. Légèrement intimidée, elle le suivit dans la maison.

La cuisine était vaste, fonctionnelle, équipée avec des appareils dernier cri. Le plan de travail était en granit poli, les placards et les tiroirs en bois massif, du type de ceux qu'on voyait dans les magazines de décoration. Le sol était en terre cuite.

Antonio ouvrit le grand frigo américain.

— Parfait ! s'exclama-t-il d'un ton joyeux. Gina a fait des provisions pour nous.

— Gina ?

— Notre gouvernante. Elle vit au village. Je lui ai demandé de faire quelques courses en prévision de notre séjour.

Il était logique que la famille d'Antonio emploie quelqu'un pour s'occuper de cette maison, d'autant plus qu'ils ne vivaient pas ici à temps plein, mais Tia avait du mal à se faire à l'idée d'avoir du personnel. Dans son monde, les gens *étaient* du personnel. Avant de travailler au café, elle avait été femme de ménage.

— Je vais cuisiner pour nous ce soir, déclara Antonio.

Il était clair qu'il essayait de la mettre à l'aise, de lui faire sentir qu'il était un homme ordinaire et pas seulement un prince. Or il n'était pas ordinaire. Et il était le père de son bébé.

Tout cela était si confus ! songea Tia, déboussolée. Antonio lui avait demandé de venir ici avec lui pour qu'ils puissent discuter, mais elle n'avait pas la moindre idée de ses sentiments. Ni de ce qu'elle-même éprouvait. Était-elle amoureuse de lui ? Non, sans doute pas, mais… De toute façon, elle ne pouvait pas se l'autoriser. Même s'il était le père de son bébé, ils n'habitaient pas le même monde. Et pourtant, être dans la même pièce que cet homme lui donnait des frissons. Tout son être vibrait. Cela n'avait rien à voir avec ce qu'elle avait ressenti lorsqu'elle était sortie avec d'autres hommes. C'était une sensation délicieuse qui la faisait palpiter, lui faisait perdre ses mots, lui donnait le souffle court et l'impression que des feux d'artifice éclataient autour d'elle et illuminaient le ciel.

Elle ne savait pas comment réagir face à cet ensorcellement. Était-il possible qu'Antonio ressente la même chose, ce mélange de désir, d'espérance et d'interrogations ? Ou bien se faisait-elle des illusions et s'exposait-elle à une terrible déception ?

Elle se força à sourire.

— Si tu cuisines, alors je ferai la vaisselle, dit-elle d'un ton qu'elle voulait léger.

— Nous partagerons la vaisselle.

Tia se souvint qu'Antonio lui avait dit que dans l'armée, il faisait exactement les mêmes tâches que tous les autres membres de son équipe, y compris le nettoyage. Et il lui avait dit que cet endroit était son refuge. Alors peut-être qu'il ne serait pas devenu prince s'il avait eu le choix…

Il lui fit visiter le reste du rez-de-chaussée. Il se composait d'un bureau, d'une salle à manger avec une table pouvant accueillir douze personnes, de deux grands salons meublés de canapés et fauteuils d'apparence confortable. L'un était équipé d'un immense écran de télévision, l'autre d'un piano et d'une bibliothèque remplie de livres. Et enfin, il y avait une véranda avec vue sur un grand jardin extérieur très soigné, avec les montagnes en arrière-plan.

— Nous avons de la chance ici, déclara Antonio. Nous pouvons voir le soleil se coucher derrière les sommets le soir, puis à l'aurore, lorsque les montagnes sont couvertes de neige, profiter du paysage paré d'un rose éclatant.

— C'est charmant, dit Tia.

Sa voix avait dû laisser transparaître que ce genre de lieux luxueux n'était pas sa tasse de thé, car Antonio crut bon d'expliquer :

— Je sais que c'est un peu grand pour un refuge, mais rappelle-toi que ce n'est pas seulement ma maison. Elle appartient à ma famille. Et notre équipe de sécurité a besoin de se loger aussi. Sans compter que parfois nous avons des invités qui restent.

Elle hocha la tête et le suivit à l'étage. Elle y dénombra huit chambres, et chacune possédait sa propre salle de bains. Lorsqu'il poussa la porte de la dernière, Tia retint un cri d'admiration. C'était une suite féerique ! Sur le lit *king size*, les oreillers épais et la couette moelleuse étaient parés de taies et d'une housse à fleurs délicatement ouvragées. Une sublime coiffeuse en bois sculpté, avec son grand miroir ovale, était posée contre un mur. Près d'une fenêtre, un chesterfield en cuir faisait face à une petite table basse sur laquelle reposait un vase garni de roses blanches et saumon. Elle remarqua des exemplaires des magazines féminins en anglais – avaient-ils été achetés en pensant à elle ?

— J'ai pensé que tu aimerais cette suite et sa vue imprenable sur les montagnes, déclara Antonio.

La salle de bains était également immense ; le sol et les murs étaient en marbre clair. En plus d'une baignoire qui pour Tia ressemblait plus à une piscine, il y avait une cabine de douche balnéo. Les étagères étaient déjà garnies de produits de toilette d'une marque de cosmétiques renommée. Et si luxueuse que même pendant les soldes Tia n'avait jamais rien pu s'offrir dans leur gamme. *Te voilà définitivement entrée dans un monde à part*, songea-t-elle, un peu affolée.

— J'espère que cela te convient, dit Antonio en désignant les étagères.

— Je… Merci.

Elle trouverait plus tard comment le rembourser. Cela ferait un gros trou dans son budget, mais elle avait toujours su jongler.

— Gina a acheté quelques vêtements de rechange pour toi, poursuivit-il. Elle les a rangés dans le dressing et la commode. Mais si tu préfères une autre chambre, je peux tout déménager.

Tia ne put masquer sa surprise. Il avait déjà réussi à lui trouver des vêtements ?

— Je t'ai donné cette liste il y a seulement une heure !

— Picco Innevato peut sembler petit, répliqua-t-il en haussant les épaules, mais il y a tout de même quelques magasins, ici.

Elle se souvint que c'était un lieu touristique plutôt huppé, donc les boutiques de vêtements ne devaient pas être bon marché. Sans doute un nouveau trou à prévoir dans son budget…

Comme s'il devinait ce qu'elle pensait, Antonio ajouta d'une voix douce :

— C'est ma faute si tu es ici, donc je te fournis simplement quelques vêtements de rechange. C'est normal. Il en va de même pour les articles de toilette. Je serai très offensé si tu proposes de les payer.

Tia avait envie de protester, de lui dire qu'elle pouvait se débrouiller pour acheter ses propres affaires, mais elle devait penser au bébé et au fait qu'elle serait bientôt en congé maternité, ce qui réduirait encore plus son budget. Elle devait donc ravaler sa fierté et accepter la générosité d'Antonio.

— Merci, dit-elle platement.

Elle se sentait malheureuse et complètement perdue. Elle ne s'était jamais reposée sur quelqu'un dans sa vie et elle ne voulait pas commencer maintenant. Or, pour le bien du bébé et celui de sa mère, elle devait mettre ses principes sous l'éteignoir. Si au moins elle avait une idée des intentions d'Antonio ! Mais comment pouvait-elle demander sans avoir l'air ingrate ? Elle était coincée.

— Prends ton temps pour t'installer, proposa-t-il. Tu peux prendre un bain ou une douche, ou faire une sieste. Et appeler ta mère pour lui faire savoir que tu es bien arrivée. Je serai en bas, descends quand tu seras prête.

— D'accord.

Une fois seule, Tia explora sa nouvelle garde-robe. Comme prévu, les vêtements étaient magnifiques, parfaitement adaptés à sa morphologie de femme enceinte : deux hauts en soie à manches longues, un pantalon de grossesse, un cardigan en cachemire, une élégante jupe noire et une jolie tunique à fleurs. Il y avait aussi des sous-vêtements et des collants, ainsi que deux pyjamas avec des pantalons en jersey doux et des caracos assortis.

Les larmes lui vinrent aux yeux sans qu'elle puisse les contrôler. C'était tellement gentil, tellement attentionné ! *Attention !* songea-t-elle. *Pas de sentimentalisme ni de sensiblerie. Tu es là pour négocier avec un prince, dont tu portes l'enfant non désiré.*

Antonio se fit un café. Il ne se sentait pas aussi détendu que d'habitude dans son refuge. Une question tournait en boucle dans sa tête : qu'allait-il faire avec Tia Phillips ? Il voyait la petite sœur de celui qui avait été son meilleur ami à travers une brume de culpabilité. Il aurait dû la soutenir après la mort de son frère, mais il l'avait abandonnée. Il l'avait laissée le réconforter, puis il l'avait de nouveau abandonnée, enceinte qui plus est !

Pourtant, il ne pouvait pas se mentir : cette femme le faisait se sentir différent. Dans son regard, il était plus que le prince cadet de Casavalle ou un soldat. Elle lui donnait l'impression de voir l'homme qu'il était, au-delà de son rang et de sa personnalité publique. Cette complicité, cette proximité avaient été évidentes durant la nuit qu'ils avaient passée ensemble. Antonio ignorait pourquoi et comment, mais elle avait brisé toutes ses défenses. Cependant il n'avait pas envie de trop réfléchir à cela. Tout ce qui était du domaine des émotions et des sentiments le mettait affreusement mal à l'aise, le rendait nerveux. Il n'avait jamais vraiment appris à les gérer et il ne voulait pas commencer maintenant. Faire son devoir était beaucoup plus facile, pour lui. Comme il était plus facile de mettre sur le compte d'une simple attirance sexuelle ce qu'il s'était passé entre Tia et lui à Londres.

De toute façon, son devoir envers Casavalle devait passer en premier. Il devait penser au bébé à travers ce prisme : qu'est-ce que cela signifiait pour son pays ? À partir de là, il ferait ce qu'il fallait.

Miles Montague serait discret, Antonio n'en doutait pas. Il avait donc un peu de répit avant de devoir dire à sa famille en quoi consistaient les « affaires personnelles » qu'il avait évoquées par SMS. Il n'avait absolument aucune idée de la manière dont ils allaient réagir. Sa mère serait sans doute furieuse. Son frère, Luca, serait choqué. Quant à Gabriella… Elle était elle-même une enfant non désirée, donc elle pourrait avoir un point de vue différent.

Mais il savait qu'il les décevrait tous.

Ce qu'il avait fait était loin d'être honorable, même si ce n'était pas intentionnel. Il avait besoin de résoudre le problème. Maintenant.

Il n'avait jamais imaginé s'installer et avoir des enfants. Il avait toujours été évident pour lui que c'était Luca, en tant que fils aîné, qui prendrait la suite de leur père. À ce titre, c'était à lui qu'il incombait de faire un mariage royal et de donner des héritiers au trône. L'arrangement avec la princesse Meribel avait été conclu des années auparavant, et Antonio avait donc eu la liberté de s'engager dans l'armée, de parcourir le monde et d'accepter des missions dangereuses. Il adorait son métier et savourait la liberté qu'il lui offrait – il y avait des règles, dans l'armée, bien sûr, mais ce n'était rien à côté de celles du palais… Il avait prévu de retrouver son unité dès que Luca serait devenu le roi de Casavalle – ou Gabriella sa reine. Son séjour à Casavalle n'était pas censé durer.

Mais c'était *avant*…

La situation avait changé. Il allait être père. Retourner dans les forces armées et risquer sa vie n'était plus envisageable. Il avait des responsabilités, désormais. Et, s'il en avait aussi envers ses hommes sur le terrain, celles qui concernaient Tia et leur enfant l'effrayaient beaucoup plus. Parce que des sentiments étaient en jeu ?

Durant son enfance et son adolescence, les relations avec ses parents étaient très formelles, voire distantes avec son père. Antonio ne se souvenait pas que ce dernier l'ait jamais pris dans ses bras, lui ait dit qu'il l'aimait ou qu'il était fier de lui. Dans l'armée, il avait gravi les échelons grâce à son mérite, à son travail, et non grâce à ses relations. Pourtant, le roi Vincenzo ne l'avait jamais félicité et ne faisait jamais allusion au métier de son fils cadet. La reine Maria était plus chaleureuse, mais elle aussi l'avait toujours poussé à faire passer son devoir avant ses sentiments. Cette pauvreté affective avait sans doute conditionné ses relations avec les femmes. Il avait eu beaucoup d'aventures sans jamais ressentir de réelle connexion avec aucune de ses maîtresses. Il avait apprécié leur compagnie, mais il avait toujours été clair dès le début que la relation était à court terme.

Sauf avec Tia, lui souffla une petite voix dans sa tête.

Ses doux yeux bruns, ses boucles noires et sa silhouette menue cachaient une force intérieure incroyable. Lorsqu'il l'avait revue au palais, pour la première fois depuis leur nuit magique, son pouls s'était emballé, sa libido s'était enflammée, il avait ressenti la brûlure du désir plus intensément que jamais. Il n'avait rien éprouvé de tel avec aucune femme avant Tia Phillips. Elle était la seule personne avec laquelle il s'était vraiment senti *lié*.

Et ils avaient conçu un bébé…

Antonio prit dans son portefeuille la photo qu'elle lui avait donnée. Sur l'image en noir et blanc de l'échographie, le bébé était sur le dos, les genoux relevés, un bras levé. Antonio pouvait voir sa petite main. Ses doigts.

Leur bébé…

Il prit une grande inspiration. C'était à la fois miraculeux et terrifiant. Et Tia avait dû faire face à cela toute seule.

Plus il y pensait, plus l'évidence s'imposait à son esprit : il devait l'épouser et reconnaître leur enfant. La soutenir. Elle lui avait paru si inquiète quand il l'avait trouvée dans le bureau de Miles, attendant de lui annoncer la nouvelle ! La culpabilité lui serrait les entrailles en y repensant. Croyait-elle qu'il allait l'abandonner pour la troisième fois ?

C'était probable, car il ne lui avait donné aucune raison d'imaginer qu'il en irait autrement. Son passif envers Tia était terrible, comment pourrait-elle concevoir l'avenir avec confiance ?

Tu n'es qu'un idiot, Antonio ! se reprocha-t-il.

Néanmoins, tout n'était pas perdu. Et sa résolution était prise : quand elle descendrait, il la rassurerait. Lui annoncerait qu'ils allaient se marier. Se pourrait-il qu'elle refuse ? Tia était une femme indépendante. Extrêmement indépendante, selon son frère. Nathan lui avait expliqué qu'elle avait passé sa vie à s'occuper de leur mère et avait mis ses propres rêves de côté – voyager dans le monde entier et devenir institutrice, selon Nathan. Mais si elle était indépendante, elle n'était pas stupide : elle comprendrait qu'un mariage serait la meilleure solution pour le bébé.

S'ils se mariaient, Antonio pourrait remplir ses devoirs de père et aider Tia à s'occuper de sa mère. Il pourrait faire venir Grace Phillips à Casavalle, où le climat serait meilleur pour sa santé. Tia pourrait alors devenir la fille de sa mère plutôt que son aide-soignante. Elle serait à ses côtés dans son rôle de prince et, même s'il lui serait difficile de devenir institutrice une fois membre de la famille royale, elle pourrait au moins voyager partout dans le monde avec lui.

Et peut-être que le nouveau souverain de Casavalle, que ce soit Luca ou Gabriella, permettrait à la jeune Anglaise d'avoir des responsabilités spéciales en matière d'éducation. Ainsi, elle pourrait réaliser son rêve d'une manière différente – et non moins utile.

Oui, à présent, tout était clair dans sa tête. Restait la partie la plus ardue : convaincre Tia…

Lorsqu'elle le rejoignit quelques minutes plus tard, Antonio lui demanda si son installation s'était bien passée et si elle avait besoin de quelque chose.

— Non, merci. Tout va très bien. Je vais bien.

Il remarqua un léger décalage entre ses paroles et son expression : elle souriait, mais son sourire semblait un peu forcé. Quelque chose la tracassait, c'était évident.

— Du thé ? proposa-t-il.

Elle refusa aussi. Était-elle inquiète ? Elle avait peut-être besoin d'être rassurée. Il décida de régler cette question tout de suite. Giacomo s'était retiré dans sa propre chambre. Ils étaient seuls et pouvaient parler.

— Allons dans la véranda, dit-il.

Tia acquiesça. Ils s'installèrent sur l'un des canapés.

— J'ai réfléchi, lança-t-il. Nous allons nous marier.

Se marier ? Avec Antonio ? Et il lui annonçait ça comme si c'était *normal* !

Tia resta bouche bée, partagée entre incrédulité et stupéfaction. Antonio ne pouvait pas vouloir l'épouser puisqu'il ne l'aimait pas. Il ne ressentait rien pour elle. C'était son sens du devoir et de l'honneur qui lui avait dicté ses paroles.

D'ailleurs, il ne l'avait pas serrée dans ses bras lorsqu'ils s'étaient retrouvés, il ne lui avait pas dit qu'elle lui avait manqué ; en fait, il l'avait à peine touchée, sauf pour lui tenir le coude pendant qu'elle montait dans le jet. Ce qu'il aurait fait avec n'importe quelle femme, parce que c'était ainsi que les hommes polis et bien élevés se comportaient. Sa peau avait frissonné lorsque la main d'Antonio avait effleuré la sienne, mais elle était certaine que lui n'avait même pas remarqué ce frôlement.

Le prince Antonio de la maison Valenti était une machine sans émotion.

Certes, il savait mettre les gens en confiance ; parce qu'il avait appris à le faire dans le cadre de ses fonctions – le devoir, toujours le devoir… Il ne l'avait pas amenée ici dans son refuge parce qu'il voulait passer du temps avec elle, mais parce qu'il devait la tenir éloignée des médias et protéger sa famille. Sa proposition de mariage était donc totalement ridicule. Elle n'était pas venue ici pour exiger qu'il fasse ce que lui commandait son sens des responsabilités, à l'ancienne. Sa seule intention avait été de l'informer de l'existence du bébé, puis de rentrer à Londres. Elle avait parfaitement géré les six premiers mois de sa grossesse sans lui, et elle gérerait la naissance et la vie de leur enfant de la même manière.

Elle était née d'un couple qui ne s'était jamais marié, mais qui s'était profondément aimé et qui avait adoré ses enfants. Son père avait peut-être tort quand il affirmait que le mariage n'était qu'un bout de papier, mais elle comprenait ce qu'il voulait dire : on devait vivre avec quelqu'un parce qu'on l'aimait et que cela rendait le monde plus beau, pas parce qu'on était lié par un contrat. Il était hors de question pour Tia de se marier avec un homme qui le faisait par devoir et qui voyait leur bébé comme un fardeau. C'était tout le contraire de ce que ses parents avaient partagé. Et tout le contraire de l'existence à laquelle elle aspirait. Elle appréciait le geste chevaleresque d'Antonio, mais le mariage n'était pas la bonne solution. Ni pour elle ni pour lui.

— Non.

Antonio eut l'air décontenancé par son refus. Ce qui n'était pas si surprenant : personne n'avait dû dire « non » au prince Antonio Valenti de Casavalle depuis son enfance.

— Non ? répéta-t-il en fronçant les sourcils.

Il semblait attendre qu'elle se reprenne, qu'elle lui dise qu'elle avait fait une erreur et que, bien sûr, elle allait l'épouser.

— Non.

— Pourquoi ?

Parce que tu es un fichu robot privé de sensibilité ! faillit-elle lui rétorquer, mais sa bonne éducation l'en empêcha. Elle pouvait malgré tout lui dire une partie de la vérité.

— Parce que tu ne m'aimes pas. Tu me demandes de t'épouser à cause du bébé, parce que tu penses que c'est l'attitude la plus honorable à avoir. Ce n'est pas ce que je veux. Alors je ne vais pas t'épouser.

— Je ne vois pas ce qu'il y a de mal à avoir le sens de l'honneur, dit-il avec raideur, l'air agacé.

— Mes parents s'aimaient profondément, expliqua-t-elle doucement. Je ne me contenterai pas de moins. Ma réponse est toujours non. Je ne t'épouserai pas.

Sans doute peu habitué à ce qu'on lui tienne tête, Antonio semblait au moins aussi déstabilisé qu'excédé.

— Tia, je sais que je t'ai abandonnée deux fois déjà et je m'en excuse profondément. Mais je ne commettrai pas cette erreur une troisième fois.

Il n'y aurait en effet pas de troisième fois, songea Tia, mais seulement parce qu'elle ne lui en donnerait pas l'occasion.

— Je ne te demande rien du tout. Je t'ai déjà signifié que je t'avais parlé du bébé par pure courtoisie, parce que je pensais que tu devais savoir. Je n'attends rien de toi, et surtout pas un mariage !

Il se passa une main dans les cheveux. Le léger désordre

qu'occasionna ce geste le fit paraître plus humain, tout comme son désarroi. Il n'était plus le prince froid et sans cœur qui l'avait accueillie au palais, mais Antonio, un homme qu'elle avait une envie folle de prendre dans ses bras.

Allons, ressaisis-toi ! s'intima-t-elle mentalement. L'heure n'était pas à ce genre de rapprochement. L'heure n'était pas aux câlins. C'était ce genre d'élan qui l'avait mise dans cette situation : elle avait éprouvé de l'empathie pour Antonio, avait voulu le réconforter, puis l'étreinte chaste et amicale avait accouché d'un baiser, qui avait lui-même débouché sur la nuit la plus incroyable de sa vie…

Antonio Valenti n'était pas le seul homme avec qui elle avait couché, mais il était le seul avec qui elle avait ressenti une réelle connexion. Il l'avait fait se sentir différente. Spéciale, comme si elle était vraiment importante pour lui. Leur différence sociale s'était effacée, et ils n'avaient été que deux êtres, deux corps, deux âmes unis par une magie sensuelle. Cette nuit-là, elle avait eu l'impression qu'Antonio l'avait vue au-delà des apparences, au-delà de la serveuse joyeuse avec une vie familiale compliquée. Durant quelques heures exquises, elle s'était liée à lui à un niveau plus profond qu'elle ne l'avait jamais fait avec aucun homme, en une sorte de fusion mystique et érotique à la fois. Cela l'effrayait et la ravissait tout à la fois. Elle ne voulait pas être sentimentalement dépendante d'un homme qui gardait en permanence ses émotions sous contrôle. Elle ne voulait surtout pas tomber amoureuse d'un homme qui ne pourrait pas l'aimer en retour.

Mais cette nuit-là ils avaient conçu un enfant. Et à présent elle se retrouvait face aux conséquences. Que faire ?

Antonio était magnifique. Un vrai prince de conte de fées, et pourtant il était réel. Cette sensation bizarre qu'elle avait quand elle le regardait, c'était comme si son cœur faisait une sorte de saut périlleux. Comment lui faire comprendre qu'Antonio ne pourrait jamais être à elle ?

Il avait des responsabilités envers son pays, donc, s'il se mariait un jour, sa femme devrait probablement être une véritable princesse. Malgré le bébé, une relation n'était pas envisageable, encore moins un mariage.

Il n'aurait probablement pas dû lui demander de l'épouser sans en parler d'abord à sa famille. Qui serait opposée à une telle issue, c'était évident. Si elle se laissait aller à la tentation, à ce qu'elle ressentait pour lui, elle se ridiculiserait. Elle devait garder la tête froide et rester calme. Raisonnable. Se répéter qu'il ne l'aimait pas. Et ses propres sentiments envers lui étaient si confus qu'elle n'arrivait pas à en démêler l'écheveau.

— Je ne vais pas t'épouser, répéta-t-elle.

Antonio ne s'attendait vraiment pas à ça.

Tia avait refusé sa demande en mariage, car elle voulait un mariage d'*amour* ! C'était quelque chose qui ne se faisait pas dans sa famille. Néanmoins, le roi Vincenzo avait bravé cette règle non écrite et avait épousé Sophia Ross. Il s'était marié par amour, et cela avait mal tourné. Sophia n'avait pas été capable de s'habituer à la vie au palais ni à son rôle de reine. Elle avait quitté le père d'Antonio pour rentrer au Canada, sans lui avouer qu'elle attendait un bébé ; et Gabriella avait grandi sans rien savoir de sa royale ascendance. En revanche, Tia n'avait pas gardé le secret sur sa grossesse.

Le mariage de ses parents avait été arrangé, et pourtant cette union avait été heureuse. Son père avait appris à aimer sa seconde épouse, même s'il n'était pas le plus démonstratif des maris. Au contraire, le mariage arrangé entre son frère aîné et la princesse Meribel avait capoté, car Meribel avait succombé au grand amour au lieu d'être raisonnable et d'unir les dynasties régnantes de leurs deux royaumes. Les mariages arrangés impliquaient de faire des compromis, mais faire passer les besoins de son pays avant ses propres désirs faisait partie des devoirs qui incombaient aux membres d'une lignée royale. Aujourd'hui, Luca s'était fiancé à Imogen après qu'ils étaient tombés amoureux l'un de l'autre. Antonio se disait souvent que son frère avait eu de la chance. Pour autant, il persistait à penser que les relations basées sur l'amour avaient tendance à se terminer dans le chaos.

Pourquoi Tia ne voyait-elle pas qu'on ne pouvait pas se fier à l'amour et à la passion, bien trop imprévisibles ? Pourquoi ne comprenait-elle pas que des principes comme l'honneur et le devoir offraient des fondations plus solides à une union ?

Il avait la tête qui tournait, ballotté entre d'étranges et inhabituelles émotions. Il était rempli de culpabilité pour la façon dont il avait traité Tia, il s'efforçait de comprendre les changements qui bouleversaient sa propre famille, son meilleur ami lui manquait et son père lui manquait aussi – il aurait tellement aimé voir son père aussi fier de lui qu'il l'était de Luca !

Et maintenant il fallait penser au bébé. Il essayait encore d'assimiler le fait qu'il allait être père. Le devoir lui commandait d'épouser Tia et de donner son nom au bébé, certes, mais être père ne se résumait pas à cela. Serait-il capable d'offrir à son enfant plus d'affection que ses parents lui en avaient donné ? Il se souvint de la chaleur avec laquelle Nathan parlait de ses propres parents, et son cœur se serra. Serait-il un bon père ? Tia avait-elle raison de penser qu'il valait mieux pour leur enfant qu'elle soit mère célibataire ? Ne risquait-il pas de tout gâcher parce qu'il ne savait pas comment gérer ses émotions ?

Il avait beau réfléchir, il ne trouvait pas ses mots, ne parvenait pas à s'ouvrir à elle. Tia n'était visiblement pas impressionnée par son silence, car elle ajouta :

— Le sujet est clos.

Oh que non ! Ils avaient besoin d'en parler beaucoup

plus clairement et de mettre les choses au point. Ensemble. Elle allait avoir son bébé. Et il pouvait leur offrir la sécurité dont ils avaient besoin. Son meilleur ami ne pourrait jamais réaliser ses rêves, mais Antonio pourrait peut-être donner à la sœur de celui-ci l'occasion de réaliser les siens.

Il devait juste la persuader de lui donner une chance, à lui aussi.

— Tia.

— Ce n'est pas discutable, le coupa-t-elle. Nous n'allons pas nous marier.

Nathan avait toujours été fier de la forte personnalité de sa petite sœur, mais la voir ainsi s'obstiner dans son refus commençait à irriter Antonio. Pourquoi diable ne faisait-elle pas un pas vers lui ? Pourquoi refusait-elle d'essayer de se mettre à sa place ? Il ne voulait que son bien, après tout !

Il se dit alors qu'il devrait peut-être changer son fusil d'épaule. Exiger qu'elle l'épouse n'allait pas la convaincre que le mariage était la bonne solution. Il devait la persuader. Grâce à une offensive de charme, pourquoi pas ? En laissant les émotions de côté – il n'en maîtrisait pas le maniement – et en déclenchant une sorte d'opération militaire soigneusement élaborée. L'opération « Persuader Tia ». De la sorte, il serait sur son terrain de prédilection : la stratégie.

Mais pour l'instant il devait s'astreindre à une retraite tactique.

— Très bien, dit-il, levant les mains en signe de reddition.

Tia eut l'air légèrement choquée, comme si elle ne s'attendait pas à ce qu'il dépose les armes si facilement et rapidement. Que voulait-elle ? Qu'il se batte pour conquérir son affection ? Il n'était pas certain de vouloir des sentiments trop forts dans sa vie. Il avait vu les désordres que pouvait causer la passion. Pourtant, il savait que quelque chose manquait dans son existence. Quelque chose qu'il devinait important. S'il était honnête avec lui-même, il devait bien s'avouer que ses relations sans lendemain, sans promesses, sans avenir ne l'amusaient plus depuis longtemps. Il se lassait de plus en plus vite de ses maîtresses. Il n'avait jamais rencontré quelqu'un qui lui ait fait imaginer qu'il pouvait exister autre chose qu'une liaison à court terme, sans engagement.

Pas avant Tia, du moins…

— Nous devons quand même parler.

— De quoi ?

— De tous les sujets que nous n'avons pas abordés au palais. Mais laisse-moi d'abord te faire une tasse de thé, proposa-t-il pour gagner un peu de temps.

Le thé, la solution anglaise pour tous les problèmes, pensa-t-il avec ironie. Au moins, elle ne refusa pas.

Lorsque Antonio revint de la cuisine avec deux mugs de thé, Tia n'avait pas bougé du canapé. Il s'assit et lui tendit son breuvage.

— Merci, dit-elle.

Elle ne semblait pas disposée à lancer la conversation, aussi se jeta-t-il à l'eau :

— Alors, quand as-tu réalisé que tu étais enceinte ?

— Quelques mois après…

Elle s'interrompit et rougit. Après avoir fait l'amour avec lui : Antonio ne voulait pas le dire à voix haute, lui non plus. Pas par pudeur, mais parce qu'il ne voulait pas mettre à jour des émotions qu'il avait ignorées depuis lors.

— J'étais occupée, je ne me suis pas rendu compte tout de suite que j'avais du retard. Quand je l'ai enfin réalisé, j'ai fait un test.

Tia marqua une pause et but une gorgée de thé avant de reprendre :

— J'aurais probablement dû essayer de t'en parler, à l'époque.

Pourquoi ne l'avait-elle pas fait ? se demanda Antonio. Elle avait dû anticiper sa question, car elle enchaîna :

— Il m'a fallu un certain temps pour accepter le fait que j'étais enceinte et penser à ce que je voulais. Surtout quand...

Elle s'interrompit de nouveau.

— Quand quoi ?

— Je t'ai vu en photo avec beaucoup de femmes. Les magazines people parlent souvent de toi et de tes rendez-vous galants. Tu as une sacrée réputation de play-boy.

Il pouvait comprendre qu'elle ne veuille pas d'un tel père pour son bébé. Mais il n'était pas le séducteur impénitent que se plaisait à décrire une certaine presse.

— Je ne couche pas avec toutes les femmes que je fréquente. Et je dois participer à beaucoup d'événements où l'on attend de moi que je vienne accompagné. Les paparazzis ont besoin d'inventer des histoires pour vendre du papier. Je t'assure que je ne suis pas un play-boy.

Il était sorti avec d'autres femmes alors que Tia était enceinte de leur bébé. Certes, il ignorait son état, et ils ne vivaient pas une relation, donc il ne l'avait pas trompée. Pourtant, c'était ce qu'il ressentait. Avec son cortège de culpabilité.

Mal à l'aise avec la direction que prenaient ses pensées, il changea de sujet de conversation.

— Et tu as décidé de garder le bébé.

Elle acquiesça d'un hochement de tête.

— Ce qui s'est passé n'est pas la faute du bébé.

— Non, en effet.

Antonio n'avait même pas pensé qu'il pourrait y avoir des conséquences à cette nuit. Ces derniers mois, il n'avait pas pensé à grand-chose, en dehors de la situation de sa famille. Ils avaient tous dû s'habituer au nouvel ordre des choses, après la mort du roi Victor, sans laisser transparaître leurs sentiments à l'extérieur – ils avaient ce devoir vis-à-vis de leur peuple, de leur pays. Alors Antonio avait géré les affaires du royaume, même si, à l'intérieur, il se sentait perdu et vide. Son père lui manquait, son meilleur ami lui manquait, mais il était incapable de parler à quelqu'un de ce qu'il ressentait.

La seule personne à qui il avait failli se confier était Tia, le soir du gala de charité, lorsqu'ils s'étaient tournés l'un vers l'autre pour se réconforter. L'avoir près de lui à nouveau le rendait nerveux. Une partie de lui voulait retrouver la complicité qu'ils avaient partagée, mais cette complicité les avait menés à cette situation délicate.

Il avait utilisé un préservatif quand il avait fait l'amour avec Tia, mais il y avait dû y avoir un problème. Ou peut-être que c'était arrivé la deuxième fois qu'ils avaient fait l'amour, à moitié endormis. Il n'était pas tout à fait sûr d'avoir utilisé un préservatif à ce moment-là. Tout était peut-être sa faute.

— Je suis désolé, déclara-t-il, incapable d'en dire plus.

— C'est comme ça, répondit-elle en haussant les épaules. Maman et moi, on se débrouille. Et mes patrons ont été formidables. Vittoria s'occupe un peu de moi et veille à ce que je fasse des pauses entre les périodes d'affluence.

À ces mots, Antonio se rendit compte de la réalité de son travail. Elle était serveuse dans un café, ce qui signifiait qu'elle était debout tout le temps, prenait des commandes, portait des plateaux de boissons, débarrassait les tables, faisait sans doute aussi un peu de ménage et de vaisselle.

— Est-ce bien conseillé pour toi d'être debout toute la journée ? hasarda-t-il.

Aussitôt, il sut qu'il avait posé la mauvaise question. Tia avait crispé les mâchoires ; ce qui, il l'avait noté, signifiait dans son langage corporel que l'orage n'était pas loin.

— Les femmes ont réussi à rester sur leurs deux jambes et à travailler pendant qu'elles étaient enceintes durant des milliers d'années, Antonio.

— Oui. Tu as raison. Désolé.

Il remarqua qu'elle avait utilisé son prénom, ce qui,

étonnamment, lui faisait chaud au cœur – et dans le même temps le mettait mal à l'aise. Il n'avait pas l'habitude qu'une femme le tourneboule ainsi. Qu'est-ce qui était si différent chez Tia Phillips ? Et comment reprendre le contrôle sur la situation ?

— Et avant que tu ne demandes, poursuivit-elle, toujours sarcastique, sache que je mange et je que me repose correctement, comme une grande fille.

Antonio ne la croyait pas vraiment pour ce qui était du repos. Il savait qu'elle s'occupait toujours de sa mère, donc de la majorité des tâches domestiques en plus de son travail.

Il avait toujours été plutôt fin psychologue et bon diplomate, que ce soit avec ses soldats, la famille de la princesse Meribel lorsqu'il avait fallu gérer la rupture des fiançailles de Luca, ou encore avec sa demi-sœur Gabriella, qui venait d'emménager au palais. Or, avec Tia, il avait l'impression de tout faire de travers, de toujours dire ce qu'il ne fallait pas. Et puis elle le troublait. Sa beauté, sa présence, sa force de caractère, son courage : elle l'intimidait, le rendait nerveux, tout en éveillant en lui un ardent désir. Jamais il n'avait ressenti cela auparavant.

Allez, ressaisis-toi ! s'ordonna-t-il intérieurement. Et la meilleure manière de garder ses émotions à distance était d'aborder des sujets factuels.

— Tu as eu des rendez-vous réguliers à l'hôpital ? demanda-t-il.

— Seulement deux échographies, dont celle des vingt semaines, quand ils m'ont donné le cliché. Et je n'ai pas manqué un seul de mes rendez-vous avec la sage-femme.

— Je ne t'accusais pas de mettre le bébé en danger, dit-il pour répondre à son ironie. Je suis inquiet pour toi.

Au grand étonnement d'Antonio, Tia rougit et baissa la tête, comme une enfant prise en faute.

— Je suis désolée. Je ne voulais pas être aussi acariâtre

et désagréable, s'excusa-t-elle avec une grimace. On n'a qu'à mettre ça sur le dos des hormones, qu'en dis-tu ?

Antonio sourit. La situation ne devait pas être facile pour elle.

— C'est évidemment la faute des hormones ! dit-il d'un ton léger pour achever de détendre l'atmosphère. Donc ton plan était de rentrer à Londres après m'avoir annoncé la nouvelle, d'avoir le bébé, dont ensuite quelqu'un s'occuperait pendant tes journées de travail, c'est ça ?

— J'ai une amie qui attend un bébé et qui est elle aussi serveuse. Nous allons essayer de trouver un arrangement pour que pendant que l'une de nous travaille, l'autre s'occupe des deux bébés. Ainsi, aucune de nous n'aurait à payer pour la garde des enfants, et nous pourrions toutes deux passer du temps avec nos bébés.

Avec cette solution, songea Antonio, Tia travaillerait moins, donc gagnerait moins. Or son budget était déjà serré, surtout maintenant que Nathan n'était plus en mesure d'aider sa famille. Il devait vraiment trouver un moyen de contourner sa fierté afin de la soutenir. Et le meilleur moyen de la soutenir était de la persuader de l'épouser. Comme elle voulait se marier par amour, il devait d'une manière ou d'une autre la faire tomber amoureuse de lui, et lui faire croire qu'il était tombé amoureux d'elle.

— Je vois que tu as réfléchi à tout, dit-il.

Elle darda sur lui un regard suspicieux.

— Tu te moques de moi ?

— Je t'assure que non.

— Oh… Merci.

Elle avait rosi de manière adorable. Antonio en déduisit qu'elle n'était peut-être pas complètement insensible à son charme. En tout cas lui était sensible à celui de la belle Anglaise, mais il devait garder l'esprit clair. Sa tête et non son cœur dirigeait les opérations.

— J'apprécie que tu sois venue avec moi dans les montagnes. Je ne t'ai pas amenée ici parce que j'ai honte de toi ou de ce que nous avons fait, mais pour pouvoir discuter au calme, sans aucune pression.

— Tu ne me forceras pas à accepter quelque chose que je ne veux pas ?

— Non ! s'exclama Antonio.

Il était un peu choqué qu'elle puisse penser cela de lui. Certes, il allait essayer de la séduire pour qu'elle fasse ce qu'il pensait être le mieux pour eux, mais il n'était pas un tyran. Il voulait s'occuper d'elle et du bébé, et qu'elle accepte son aide de son plein gré.

— Ces trois jours nous permettront d'apprendre à nous connaître un peu mieux, reprit-il. À nous comprendre.

— Ça marche pour moi.

— J'ai pensé que nous pourrions peut-être préparer le dîner ensemble, expliqua Antonio.

Il s'était dit que travailler en équipe pourrait aider, prouver à Tia qu'ils pouvaient être bien ensemble, s'épauler, œuvrer à un but commun. Alors elle accepterait peut-être de l'épouser, et cette confusion pourrait cesser.

3.

Le soleil se couchait sur les montagnes. Le ciel était rayé de nuances de rose, de bleu et d'or autour des sommets enneigés.

— C'est magnifique, murmura Tia, subjuguée. Je comprends pourquoi tu viens ici quand tu as besoin de te retrouver.

— Oui, cet endroit m'apaise beaucoup.

Il resta silencieux durant un long moment, admirant comme elle le spectacle féerique que leur offrait la nature, puis il se dirigea vers la cuisine.

— Et si on se préparait quelque chose pour le dîner ?

— Excellente idée ! approuva-t-elle en le suivant.

— Qu'est-ce que tu aimes manger ?

— Je mange de tout. Je ne suis pas difficile.

— Aucune contre-indication pendant la grossesse ?

— Pas de poisson ou de fruits de mer crus, pas de viande crue ni de fromage au lait cru. En revanche, beaucoup de légumes à feuilles foncées, des fruits secs, des sardines…

Antonio ouvrit le bac à légumes du frigo.

— Nous avons des épinards, du chou frisé, et Gina a acheté du poulet. Je commanderai des sardines pour demain, si tu veux.

Il regarda dans les placards.

— Abricots secs, semoule, pois chiches…, énuméra-t-il. Je pourrais te faire une sorte de tajine de poulet, et je mélangerai les épinards et le chou en accompagnement. Qu'en dis-tu ?

— Tu peux vraiment cuisiner un tajine ? demanda-t-elle, surprise.

— J'ai appris ça aussi dans l'armée. Au contact d'une équipe qui compte plusieurs nationalités différentes, j'ai appris à connaître d'autres cultures et d'autres manières de penser. D'autres façons de cuisiner, aussi. Moi, je leur ai montré comment cuire et préparer les *pastas, al dente*, bien sûr ! Et ne vous avisez pas d'appeler « sauce » ces infectes préparations industrielles en conserve !

Quand elle entendait Antonio s'exalter et plaisanter ainsi, Tia comprenait pourquoi Nathan avait été ami avec lui. Dès qu'il baissait la garde et laissait voir sa vraie personnalité, il était irrésistible. Elle appréciait bien plus la compagnie de cet Antonio-ci que celle, irritante, du prince un peu guindé qui lui donnait des ordres.

— L'armée te manque, on dirait, lança-t-elle.

— Oui. Bien sûr, certains jours, je vois des choses terribles qu'aucun humain ne devrait jamais avoir à voir, mais mon équipe et moi pouvons vraiment être utiles, aider des gens.

— Quand reprends-tu du service ?

— Dès que ma famille n'aura plus besoin de moi.

Tia hocha la tête. Elle appréciait chez lui que la famille soit importante. Et s'il ne l'avait pas dit, elle savait qu'en soutenant sa famille dans cette période difficile, c'était aussi son pays qu'il soutenait.

— Et si le nouveau souverain, que ce soit Luca ou Gabriella, te demande de rester au palais pour l'aider à gouverner ? Ou si ta mère te demande de veiller sur ta sœur ou ton frère ?

Il la regarda longuement, comme s'il avait une décision difficile à prendre, pesait le pour et le contre.

— Ça reste entre toi et moi ?

— Bien sûr. Je n'ai pas l'intention de courir les médias pour vendre tes secrets !

— En l'occurrence, je pensais plus à ma famille qu'aux médias.

— Allez ! le pressa-t-elle, impatiente. Tu sais que tu peux me faire confiance !

— La vie au palais, commença-t-il après avoir pris une grande inspiration, je peux la supporter. Mais la politique me rend fou. Les querelles sans intérêt, les joutes verbales, les petites phrases : j'ai envie d'en prendre un pour taper sur l'autre, de leur hurler d'arrêter de se comporter comme des gamins arrogants. Il y a tellement de problèmes plus importants à résoudre dans le monde en comparaison desquels les problèmes d'ego sont ridicules ! Et puis on travaille beaucoup plus efficacement en équipe.

— Je suppose que tu aurais beaucoup d'ennuis si tu tapais sur des ministres ou des diplomates ! dit Tia en riant.

— Je ne sais pas comment mon frère réussit à garder son calme. Ou plutôt si : il a été élevé dans la perspective de servir notre pays. Il a été formé pour ce travail.

— Et ta demi-sœur ?

— Gabriella ne savait même pas qu'elle était la fille d'un roi voilà encore quelques semaines. Sa mère, Sophia, est morte quand elle avait trois ans. Elle a été élevée par sa tante et son oncle. Elle tenait une librairie au Canada. Elle a trouvé une lettre de sa mère alors qu'elle faisait du rangement dans un grenier. Elle a contacté ma mère pour découvrir la vérité. Comme elle est plus âgée que Luca, cela fait d'elle l'héritière du trône de Casavalle.

— Tu crois que c'est vraiment la fille du roi Victor ?

— Oui. Quand je la regarde, je vois mon père ; ou plutôt une version plus douce et plus chaleureuse de lui. Le test ADN va sans aucun doute le prouver.

Une « version plus douce et plus chaleureuse » de son père ? Si celui-ci avait été froid et distant avec ses enfants, cela pourrait expliquer pourquoi Antonio réprimait ses émotions, pourquoi il semblait ne pas croire en l'amour.

— Elle est gentille ? demanda Tia.

— Je l'aime bien. Elle est sensible. Je pense qu'elle ressemble beaucoup à Luca.

— Ça doit être dur de découvrir soudain qu'on n'est pas celle que l'on croit être. Et que cela se passe aux yeux de tous.

— Gabi est forte. Elle s'en sortira. De plus, il y a la bibliothèque du palais, qui contient des centaines et des centaines de volumes rares. Je pense que ce sera son refuge : un endroit où elle sera entourée de livres.

Tia songea que le refuge d'Antonio était entouré de *montagnes*. Devait-elle y voir un signe, ou même un message de sa part ?

Elle chassa cette idée et s'occupa des légumes et de la semoule pendant qu'il faisait griller le poulet et préparait la sauce. Bientôt, la cuisine fut remplie d'une odeur délicieuse.

— Je vais aller voir si Giacomo veut manger avec nous, dit Antonio. Je serai de retour dans une minute ou deux.

Tia s'assit et sirota un verre d'eau, réfléchissant à ce qu'elle avait appris sur Antonio. Il semblait que son enfance avait été solitaire ; il ne paraissait pas avoir eu le même lien étroit que celui que Nathan et elle avaient eu avec leurs parents avant la mort de leur père. Et comme tout était si formel au palais, cela expliquerait pourquoi il était si réservé et distant là-bas. Il était possible que sa vraie personnalité soit différente, qu'il se soit méfié de lui-même et surveillé pour éviter de montrer ses sentiments au cas où ils seraient mal interprétés – par sa famille et par les journalistes.

Si elle avait dû choisir entre sa propre enfance, sans argent, mais pleine d'amour, et celle d'Antonio, privilégiée, mais hérissée de règles, elle n'aurait pas hésité. Elle aurait choisi l'amour.

Antonio pourrait-il apprendre à aimer ? Pourrait-il être un vrai père pour leur bébé et un partenaire pour elle ?

Pourraient-ils vraiment faire en sorte que ça marche ? Ou serait-ce plus simple pour tout le monde si elle disparaissait tranquillement à Londres ?

Elle en était là de ses réflexions quand Antonio revint dans la cuisine.

— Giacomo dit qu'il mangera plus tard, dans sa chambre.

— Cela signifie-t-il qu'il sait d'expérience que ta cuisine n'est pas si bonne que cela ? plaisanta-t-elle.

Au lieu de se vexer, Antonio rit de bon cœur.

— On s'installe dans la salle à manger ? proposa-t-il.

— Si tu n'y vois pas d'inconvénient, je préférerais rester dans la cuisine. On va être un peu perdus assis tous les deux à une table assez grande pour douze personnes.

— Tu as raison, ce sera plus intime, déclara-t-il.

C'était une réponse innocente, bien sûr, mais entendre Antonio prononcer le mot « intime » fit frissonner Tia des pieds à la tête.

Antonio était surpris de constater à quel point il était agréable de manger dans la cuisine avec Tia : c'était simple, normal – *comme si on était un vrai couple*, songea-t-il malgré lui. C'était un monde qu'il n'avait jamais connu. Il ne lui était même jamais venu à l'esprit que cela existait, une telle proximité spontanée avec quelqu'un.

Un foyer…

Il n'avait jamais aspiré à la vie de famille, auparavant. Il avait aimé voyager à travers le monde et l'adrénaline de son métier, tout en sachant que ce qu'il faisait était utile. Mais s'installer… À présent, il commençait à entrevoir ce que cela pouvait signifier. Et il fut choqué de découvrir soudain à quel point il aspirait à ce style de vie.

— C'est délicieux ! dit Tia après avoir goûté le tajine.

— Pas trop épicé ?

— C'est parfait.

Antonio était mal à l'aise. Il se sentait guindé, comme s'ils étaient des étrangers l'un pour l'autre alors qu'ils avaient été tellement plus que ça – le ventre de Tia en témoignait. Même si ça le rendait nerveux de penser à ce qu'elle lui avait fait ressentir, il voulait retrouver cette proximité. Ici, dans le seul endroit où il se souvenait s'être amusé comme un enfant, où il se sentait libéré des obligations du palais, il voulait qu'elle continue à lui parler.

Il décida de commencer par un sujet neutre :

— Alors, que penses-tu de Casavalle ?

— Ce village et les montagnes sont magnifiques. Et le palais est un peu comme un château de conte de fées avec ses pierres blanches et ses tourelles. J'ai également été impressionnée par l'arbre de Noël installé dans le grand hall du palais.

— Comment étaient les Noëls de ton enfance ?

— On installait le sapin dès que papa rentrait en permission, en général la semaine avant Noël. Nous allions en choisir un ensemble, en famille, un vrai sapin qui sentait bon. Puis papa allumait les guirlandes lumineuses, maman sortait la boîte de décorations et nous en placions une chacun notre tour sur le sapin. Nous en avions de traditionnelles, mais nos préférées étaient celles que nous avions fabriquées nous-mêmes : des pots de yaourt peints, couverts de paillettes ou décorés d'un morceau de guirlande, des étoiles découpées par nos soins et dorées à la bombe, un ange fait avec un tube en carton, une balle de ping-pong, des bouts de tissu et des pâtes. Maman a tout gardé. Elle ne supporte pas l'idée de jeter les décorations, même les plus usées.

C'était très différent de ce qu'il avait vécu, ces Noëls en famille, ces sapins décorés avec amour… Qu'est-ce que cela aurait été de grandir dans une famille chaleureuse comme celle-là ? Serait-il devenu un adulte différent ?

— Chaque année, la veille de Noël, nous accrochions nos grandes chaussettes au pied du lit. Maman les faisait elle-même. Elle est incroyablement douée avec une aiguille. Elle brodait nos noms avec du fil d'argent pour qu'ils brillent. Ensuite, nous allions à la messe de minuit et nous chantions des chants de Noël, puis nous rentrions à la maison pour prendre un chocolat chaud et des marshmallows. Avant d'aller nous coucher, nous mettions à disposition un verre de lait et un biscuit pour le Père Noël, et une carotte pour son renne ; chaque année, nous descendions pour trouver un verre et une assiette vides, et une carotte à moitié mangée. Même après la mort de papa, lorsque le budget était un peu serré, maman remplissait toujours de cadeaux une chaussette pour nous.

Antonio était un peu jaloux, à présent. Certes, il avait grandi sans manquer de rien, mais il n'avait jamais vécu de telles joies simples.

— Même quand nous avons cessé de croire au Père Noël, nous avons continué à mettre une chaussette. Nathan et moi en accrochions une pour maman, aussi. On économisait sur notre argent de poche et on lui achetait un petit cadeau. Elle a pleuré la première année où nous l'avons fait et nous a répété à quel point elle nous aimait.

Il aurait tellement voulu que sa mère lui dise qu'elle l'aimait. Elle était beaucoup plus chaleureuse que ne l'avait jamais été son père, toutefois l'on n'évoquait pas les sentiments, dans leur famille. D'ailleurs Antonio aimait son frère et l'admirait, pourtant il ne le lui avait jamais dit. Au contact de Tia, il commençait à se demander s'il n'avait pas manqué quelque chose. Son enfance avait été régie par une foule de règles et d'obligations, au point qu'il n'y avait eu que peu de place pour l'amour. Grace Phillips avait clairement fait de son mieux pour offrir à ses enfants autant de rêves qu'elle pouvait se le permettre, et toujours enrobés d'amour.

— Qu'en est-il de Noël chez toi ? Existe-t-il des traditions ? demanda Tia.

— L'immense arbre décoré dans le hall du palais est l'une

de nos traditions. Chacune des décorations est conçue par le joaillier Buschetta, qui est un peu le Fabergé de Casavalle. La tradition se perpétue depuis plus d'un siècle, et toutes les décorations comportent un compartiment secret. Une cérémonie spéciale est organisée pour en dévoiler le contenu chaque année. Une messe est donnée dans la cathédrale et, le lendemain de Noël, nous ouvrons le palais à tous les citoyens et leur proposons un grand buffet. Luca et moi nous tenons aux portes du palais avec nos parents et saluons tout le monde. Il y a aussi des sculptures de glace dans la fontaine et un labyrinthe de haies illuminé.

— Je ne parlais pas de cérémonies officielles, mais de traditions familiales. Aviez-vous des chaussettes que vous retrouviez remplies de cadeaux au matin ?

— En tant que fils du roi, Luca et moi recevions des tas de cadeaux du monde entier. Au point que nous avions besoin d'aide pour les ouvrir et que nous ne savions pas toujours qui nous avait offert quoi.

Tia fronça les sourcils. Elle semblait choquée.

— Vous ne partagiez aucun moment privilégié, juste toi, Luca et tes parents ? Même pas le film de Noël, que vous regardiez tous ensemble ?

— Non.

— C'est terrible, dit-elle doucement. Parce que Noël, ce n'est pas seulement des cadeaux ; c'est surtout de l'amour. Il s'agit de passer du temps avec sa famille, de jouer à des jeux, de rire et de chanter ensemble. Je crois que mon meilleur Noël a été celui où Nathan m'avait acheté un jeu avec des kazoos. On devait tirer une carte et jouer la chanson qui y était inscrite. Maman, papa, Nathan et moi riions tellement qu'on avait mal aux côtes. Je suis désolée que tu n'aies jamais partagé ce genre de moments avec ta famille.

Lui aussi était attristé. En écoutant Tia parler, il déplorait de n'avoir pas connu de tels Noëls. Serait-ce différent pour son bébé ? S'il parvenait à convaincre Tia de l'épouser, changerait-elle les choses au palais ? Et lui, changerait-il aussi ?

— Tu as toujours voulu être dans l'armée ? demanda-t-elle à brûle-pourpoint.

— Je suis le fils cadet, donc il n'y avait pas les mêmes attentes pour moi que pour Luca. J'avais beaucoup plus de liberté. Et j'aimais l'idée de voyager à travers le monde, de pouvoir être utile.

— Comme Nathan. Comme notre père.

Antonio avait perçu une pointe de tristesse dans sa voix, aussi décida-t-il de changer de sujet.

— Et toi ? Quels étaient tes rêves quand tu étais enfant ?

Il avait déjà eu la réponse de la bouche de Nathan, mais il voulait l'entendre de la sienne.

— J'aurais aimé être enseignante dans une école primaire, mais mes notes n'étaient pas assez bonnes.

Nathan lui avait toujours dit que sa sœur était brillante, et Antonio l'avait constaté par lui-même. Il supposa qu'elle avait été trop occupée à prendre soin de sa mère pour se concentrer sur ses études.

— Tu peux encore suivre une formation pour adultes, avança-t-il avec prudence.

Elle secoua la tête.

— Maman me l'a suggéré, mais je ne veux pas la quitter. Et je suis heureuse. J'aime mon travail, mes patrons sont adorables et nous avons des habitués charmants, au café.

Antonio avait l'impression que Tia était le genre de personne optimiste qui voyait du positif et du bonheur dans n'importe quelle situation. Et il trouvait ce trait de caractère diablement sexy…

Une fois le dîner terminé, ils firent la vaisselle ensemble et s'installèrent dans la véranda, sous la voûte étoilée. Antonio décida de créer une atmosphère douce et intimiste :

il alluma des bougies parfumées dans leurs lanternes en fer forgé et en verre.

— Ça sent Noël, observa Tia. Cannelle, clous de girofle et orange.

— Je suis content que ça te plaise. Tu veux de la musique ?

— Ce serait bien.

— Qu'est-ce que tu aimes ? De la musique pop ? De la musique classique ?

— À cette époque de l'année, j'aime écouter des chants de Noël.

Il ne fallut pas longtemps à Antonio pour trouver sur un service de *streaming* un pot-pourri de musiques de Noël.

— Il ne manque plus que le sapin ! dit-elle avec un sourire.

Antonio se souvenait de la façon dont le visage de Tia s'était illuminé lorsqu'elle lui avait parlé des Noëls en famille de son enfance. C'était peut-être un moyen de se rapprocher d'elle, songea-t-il. Même s'il pouvait tout acheter et tout faire livrer pendant qu'il l'emmènerait demain pour la journée, il avait le sentiment qu'elle trouverait cela trop impersonnel – n'avait-elle pas dit que pour elle, Noël était synonyme d'amour et de temps passé en famille ? Elle avait parlé de décorer le sapin *ensemble*…

— Nous pourrions aller chercher un sapin, demain. Et peut-être choisir ensuite une décoration spéciale en l'honneur de notre bébé. Ensemble.

— Nous ne serons jamais ensemble, cependant, dit-elle doucement. Nous venons de mondes différents.

— Mais le bébé nous relie. Il est le point de jonction de nos deux mondes.

— Je suppose que oui, acquiesça-t-elle avec une pointe de tristesse.

Antonio aurait tant voulu qu'elle se sente bien ! Alors il suivit son instinct et alla s'asseoir à côté d'elle sur le canapé. Il prit ses deux mains dans les siennes.

— Tout va bien se passer, Tia.

— Je sais. J'aimerais juste…

Sa voix se brisa. Elle poussa un long soupir.

— Nathan aurait été un oncle parfait. Et un excellent père. J'aurais aimé qu'il ait cette chance. Il ne m'a jamais parlé d'une relation qui aurait été spéciale pour lui. Je suppose que c'est parce qu'il se sentait responsable de maman et de moi, et qu'il ne s'est jamais laissé la chance de rencontrer quelqu'un.

Décidément, Tia Phillips était perspicace, se dit Antonio. Cependant, ce n'était qu'une partie de la vérité.

— Il vous aimait toutes les deux, dit-il. Il ne voyait aucune de vous deux comme un fardeau. Il était si fier de vous !

— J'étais fier de lui. Maman aussi. Et j'aurais aimé que papa puisse le voir grandir au-delà de ses treize ans, et me connaître au-delà de mes dix ans.

Elle s'interrompit, une expression contrite sur le visage.

— Je suis désolée. Ça doit être dur pour toi aussi, en ce moment : c'est ton premier Noël sans ton père.

Antonio hocha la tête. Les doigts de la belle Anglaise s'étaient resserrés autour des siens, réconfortants.

— C'est… un peu étrange, en effet.

— Les premières fois sont difficiles, affirma-t-elle avec empathie. Ton premier anniversaire sans lui, le jour de son anniversaire sans lui, le premier anniversaire de sa mort. Mais il est dans ton cœur et le sera toujours. Cela ne changera jamais.

Tia avait raison, bien sûr, mais les rapports d'Antonio avec sa famille étaient très différents de ceux qu'elle avait entretenus avec la sienne et continuait à entretenir avec sa mère. Le devoir passait avant tout le reste, et il avait été élevé sans s'autoriser à tenir compte de ses sentiments.

Ici, dans la chaleur douillette de la pièce, avec la musique de Noël en fond sonore, la vue sur les montagnes éclairées par le clair de lune et la douce lueur des bougies qui sublimait les traits délicats de Tia, Antonio se sentait différent. C'était comme si quelque chose se déployait en lui, une béatitude apaisante. Et il ne savait pas comment dire à Tia ce qu'il ressentait. Il craignait de se ridiculiser. Après tout, elle avait refusé de l'épouser, alors qu'elle était enceinte de lui.

Une fois de plus, il choisit de suivre son instinct et lui demanda :

— Veux-tu danser avec moi ?

Elle cilla, visiblement surprise.

— Danser avec toi ? Je…

Elle se tut. Antonio en déduisit qu'elle ne voulait pas et n'osait pas le lui dire.

— Désolé, je n'aurais pas dû te demander cela, reprit-il en lui lâchant les mains.

— Ce n'est pas ça, mais… je n'ai jamais vraiment dansé.

Elle avait l'air mélancolique, soudain. *Quel idiot !* se reprocha mentalement Antonio. Évidemment, quand elle ne travaillait pas, elle s'occupait de sa mère. Elle n'avait jamais eu le loisir d'aller en discothèque ou en soirée. Mais, si le fait qu'elle ne sache pas danser était la seule barrière entre eux, il pouvait y remédier. Ici et maintenant.

— Je peux t'apprendre, proposa-t-il sans réfléchir.

— M'apprendre ?

Soudain, ce fut comme si de l'électricité crépitait dans l'air entre eux. Antonio avait du mal à respirer. Le laisserait-elle s'approcher, ou s'éloignerait-elle de lui ? Le temps s'était enrayé ; chaque seconde lui semblait dix fois plus longue que d'habitude, comme s'il regardait un film au ralenti. Lorsque enfin Tia hocha la tête, ce fut comme si elle lui retirait un poids de la poitrine.

— OK ! lança-t-elle en retirant ses chaussures.

Il l'aida à se lever. Pieds nus, elle faisait une dizaine de centimètres de moins que lui, ce qui le rendait encore plus protecteur envers elle.

— Laisse-toi aller, lui murmura-t-il. Suis-moi.

Franck Sinatra chantait *Have Yourself a Merry Little*

Christmas lorsque Antonio prit Tia dans ses bras. Il la guida au rythme langoureux de la ballade. Il posa la joue contre les cheveux de sa cavalière et respira le parfum floral qui émanait d'elle. Une petite voix lui souffla qu'il vivait un moment de grâce.

Tia ne s'était jamais sentie plus en sécurité. C'était incroyable de danser ainsi dans les bras d'Antonio, à la lumière des bougies, sur une des chansons de Noël qu'elle aimait le plus. Elle qui s'était toujours trouvée un peu gauche dansait à présent sans effort contre le corps athlétique et souple d'Antonio.

Juste pour un moment, elle décida de s'autoriser à croire que c'était réel. Qu'il la tenait dans ses bras non pas parce qu'il faisait son devoir, mais par plaisir. Parce qu'il se souciait d'elle – et de leur bébé.

À cet instant, la musique changea ; une chorale entama *Douce Nuit*. La chanson préférée de sa mère. Aussitôt, le mal du pays l'envahit. Grace lui manquait, elle s'inquiétait constamment pour elle. Et Antonio avait mis le doigt sur sa plus grande inquiétude, tout à l'heure : comment allait-elle parvenir à travailler à temps partiel, s'occuper de leur bébé et de sa mère ? Tout à coup, l'avenir lui paraissait bien sombre.

Comme si Antonio avait senti sa tension, il s'écarta d'elle.

— Ne t'inquiète pas, Tia. Ça va aller.

Facile à dire ! songea-t-elle. Mais pas question qu'il s'imagine qu'elle était découragée ! Elle s'en sortirait, comme toujours.

— Oui, bien sûr, marmonna-t-elle.

— Tu as eu une très longue journée. Laisse-moi te faire couler un bain et te préparer un chocolat chaud.

Tia faillit lui rétorquer qu'elle était parfaitement capable de se faire couler un bain. Mais elle était profondément fatiguée. Et il avait raison : elle avait eu une longue journée.

Elle avait pris trois avions, deux voitures et un train. Et elle était enceinte de six mois. Elle devait aussi penser au bébé. Pour cette fois, pourquoi ne pas laisser Antonio la dorloter ? Après tout, elle était son invitée, et il était normal de s'occuper de ses invités, n'est-ce pas ?

— Ce serait vraiment gentil, merci, lui répondit-elle avec sourire reconnaissant.

Antonio était presque surpris que Tia ait cédé si facilement. Avec un peu de chance, elle infléchirait peu à peu sa position et le laisserait l'aider de plus en plus. Bien qu'il n'ait aucune idée de la forme que pourrait prendre cette aide. Tia Phillips était indépendante à l'excès.

Lui revint à l'esprit l'évidence qu'ils devaient se marier. Elle attendait son enfant. Un bébé qui était en quatrième position dans l'ordre de succession au trône de Casavalle. Un mariage était la solution la plus raisonnable et la plus digne. La seule solution. Il pourrait s'occuper d'elle, du bébé et de Grace. Or l'obstacle était de taille : Tia avait été claire sur le fait qu'elle ne se marierait que par amour.

L'aimait-il ?

Ils se connaissaient à peine. Il n'était même pas sûr de croire en l'amour, et encore moins au coup de foudre. Il ignorait comment l'on savait que l'on était amoureux ; comment l'on savait qu'une personne était « la bonne » ; comment l'on savait que la relation allait durer.

En tant que prince, il ne pouvait pas se permettre de commencer une histoire qui pourrait mal tourner et rendre les choses difficiles pour sa famille. Le devoir passait toujours en premier.

Et pourtant…

Quelque chose chez Tia le charmait. Il l'aimait bien. Il appréciait sa compagnie. Elle l'attirait. C'était un bon début, non ? D'une manière ou d'une autre, il lui fallait au cours des trois prochains jours la rendre heureuse et lui montrer que cela pouvait marcher entre eux. Qu'ils pourraient être de vrais partenaires, travailler en équipe ; et apprendre à s'aimer, si c'était ce qu'elle voulait.

Lorsqu'elle redescendit, vêtue d'un pyjama et les cheveux enroulés dans une serviette, ils s'installèrent sur le canapé du salon. Durant quelques instants, ils burent en silence leur chocolat chaud.

— Cela a dû être dur pour toi de grandir sans ton père et avec une mère malade.

— Nous nous sommes débrouillés, répondit Tia. Maman s'occupait de la maison, ce qui lui permettait de se reposer quand elle en avait besoin. Nathan travaillait les week-ends à l'épicerie du coin et moi, je distribuais des journaux. J'ai pris la relève au magasin quand il s'est engagé dans l'armée. La gérante était géniale : elle connaissait la situation de maman et me laissait faire des sauts à la maison pour voir si elle allait bien. Nathan et moi nous occupions des tâches ménagères quand maman en était incapable.

C'était une existence tellement éloignée de celle, privilégiée, qu'avait vécue Antonio ! Il admirait la vaillance de Tia.

— Je comprends pourquoi il t'a été difficile de suivre une scolarité normale…

Elle leva sur lui un regard perçant.

— Ne juge pas ma mère, dit-elle posément. Si les autorités avaient su à quel point maman était malade et à quel point nous devions l'aider, elle aurait sans doute perdu notre garde. Nathan et moi aurions été placés dans des familles d'accueil différentes. C'est arrivé à quelqu'un de mon collège et j'étais terrifiée à l'idée que cela m'arrive aussi à moi. Je ne voulais pas qu'on m'enlève ma mère et Nathan. Nous nous sommes donc contentés de faire en sorte que personne n'ait vent de l'état de maman. C'était bien, parce que nous pouvions compter les uns sur les autres et que nous étions ensemble.

C'était bien pire que ce qu'Antonio avait imaginé, et il avait mal au cœur pour Nathan et sa petite sœur tout aussi courageuse.

— Vous n'aviez pas de famille qui pouvait vous aider ? Des grands-parents ?

— Maman était fille unique, et ses parents sont morts avant ma naissance. La famille de papa n'aimait pas ma mère. Il y a eu une grosse dispute quand ils se sont mis ensemble, et ils ne se sont jamais réconciliés. Nathan leur a écrit après la mort de papa, mais ils n'ont jamais répondu.

Antonio se dit qu'il devait faire une drôle de tête, effaré qu'il était par le récit de Tia, car celle-ci lui offrit un grand sourire.

— Tu sais, ce que tu n'as jamais eu ne te manque pas. Et ma mère est géniale. Même quand elle passe une très mauvaise journée, elle ne se plaint jamais. C'est la mère la plus gentille et la plus aimante au monde. Je suis vraiment chanceuse de l'avoir.

— Je suis désolé de ne pas avoir été là pour vous soutenir toutes les deux depuis la mort de Nathan, affirma-t-il, assailli de nouveau par la culpabilité.

— Nous soutenir ? répéta-t-elle d'un ton sec. Maman et moi n'avons pas besoin de votre argent, Votre Altesse. Nous ne sommes pas une œuvre de charité.

Antonio ouvrit de grands yeux, horrifié. Pensait-elle vraiment qu'il parlait d'argent ? Il savait combien elle était fière. Lui offrir de l'argent serait le moyen le plus rapide d'élever une muraille entre eux.

— Ce n'est pas ce que j'ai voulu dire par « soutenir », expliqua-t-il. Loin de moi l'idée de vouloir t'insulter.

— Je suis désolée, dit-elle en se mordant la lèvre. Je n'aurais pas dû m'emporter. Pour ma défense, j'ai appris d'expérience que les gens riches ont tendance à tout ramener à l'argent.

— Je ne parlais pas d'argent. J'aurais dû vous apporter

un soutien affectif, à toi et à ta mère. Au lieu de cela, j'ai disparu et je vous ai laissées seules.

— Tu m'as expliqué pourquoi tu n'avais pas été là, et je comprends très bien qu'entre tes missions militaires, la mort de ton père et la gestion de ton royaume, tu n'aies pas eu le temps.

— Mais tu as dû penser que je t'avais abandonnée.

— J'étais en colère contre toi en pensant à ma mère, admit Tia avec une grimace. Je pensais que cela n'aurait pas été un grand sacrifice pour toi de passer quelques minutes avec elle, pour partager tes souvenirs de mon frère. Juste pour qu'elle sache qu'il avait compté.

— Il a compté ! s'exclama Antonio dans un cri du cœur. Il comptait beaucoup pour moi. Et tu as raison, j'aurais dû prendre le temps de lui rendre visite. J'ai mal géré la situation. Je suis désolé.

— Et je suis désolée de m'être emportée.

La douceur de son sourire lui déchira le cœur en deux. Il la regarda longuement. Elle semblait fatiguée.

— Je pense que nous devrions nous coucher tôt, dit-il. Nous reparlerons de tout cela demain matin. Et puis nous irons chercher notre sapin.

— D'accord.

Une fois dans son lit, Antonio resta éveillé un long moment, des questions plein la tête. Tia lui ferait-elle assez confiance pour le laisser l'aider ? Dans le cas contraire, comment gagner sa confiance ? Il ne pouvait pas se permettre de se tromper.

4.

Quand Tia se réveilla, elle se sentit légèrement désorientée de ne pas entendre le faible bourdonnement de la circulation auquel elle était habituée. Et il était encore plus étrange d'être couchée dans un grand lit au lieu de son lit étroit.

Elle jeta un coup d'œil à sa montre. Sept heures et quart. Normalement, elle aurait dû être debout depuis près d'une heure, pour se préparer à aider sa mère avant d'aller travailler. Puis elle se souvint qu'il était une heure de moins à Londres qu'à Casavalle. Toutefois, il était encore un peu tôt pour appeler sa mère et prendre de ses nouvelles.

Tia sortit du lit et se posta devant la fenêtre. Le ciel était strié de mauve et d'or. La neige sur les montagnes rosissait progressivement. C'était un spectacle splendide, une belle façon de commencer la journée. Mais elle ne devait pas s'y habituer.

Elle se doucha rapidement et s'habilla d'un des hauts en soie à manches longues et d'un pantalon de grossesse achetés par la gouvernante d'Antonio. Celui-ci était vraiment gentil et prévenant avec elle. Des larmes lui montèrent aux yeux. *Ne sois pas ridicule !* se sermonna-t-elle. Depuis qu'elle était enceinte, elle était beaucoup plus sensible. Or elle ne pouvait pas se permettre la moindre faiblesse. Elle était ici pour trois jours et devait trouver un compromis avec le prince Antonio Valenti.

Il n'y avait aucun bruit dans la maison lorsqu'elle se glissa discrètement dans l'escalier, puis dans la cuisine.

Elle se prépara un mug de thé. Elle pensa à en préparer un pour Antonio, mais elle se sentait trop timide pour le lui apporter dans sa chambre, alors elle renonça. C'était ridicule si l'on songeait qu'elle portait son bébé, mais il était presque un parfait inconnu. Un monde les séparait. Elle était serveuse, vivait dans un petit appartement dans un quartier populaire de Londres, et lui était un prince qui vivait dans un immense palais au milieu de la Méditerranée. Aucun n'avait sa place dans la vie de l'autre.

Le problème, c'était qu'elle s'était sentie proche de lui la veille au soir, quand elle lui avait raconté les Noëls passés avec sa famille. C'était sa période de l'année préférée, non pas à cause des cadeaux, mais parce que c'était l'occasion de passer du temps avec ceux qu'on aimait.

En revanche, Noël n'avait jamais été un moment joyeux pour Antonio. Au lieu de s'amuser avec son frère, il avait dû remplir ses devoirs de prince héritier vis-à-vis des habitants de Casavalle, bien se tenir en public, accepter de la part d'inconnus des cadeaux somptueux avec lesquels il n'avait pas l'occasion de jouer.

Comment sa famille pourrait-elle accepter quelqu'un comme elle, une roturière qui n'avait pas la moindre idée du protocole ni de l'étiquette ? C'était voué à l'échec. Elle devait donc refouler l'attirance qu'elle ressentait pour Antonio Valenti. Elle lui avait promis de rester quelques jours pour parler de leur situation. Elle tiendrait sa promesse. Et puis elle partirait pour Londres et laisserait tout cela derrière elle.

Elle gagna la véranda et se pelotonna dans un des grands fauteuils, profitant de la vue magnifique sur les montagnes. Au moins, ce serait un souvenir qu'elle pourrait raconter à son enfant. Si seulement elle pouvait imaginer le partager aussi avec Antonio…

Mais il ne l'aimait pas, et Tia n'était pas prête à s'engager dans une vie avec lui sans amour.

Antonio espérait qu'il aurait assez de trois jours pour convaincre Tia. Il décida de démarrer la journée en lui apportant une tasse de thé au lit, avant de lui préparer le petit déjeuner. Ensuite, ils iraient au village pour trouver un sapin de Noël et choisir des décorations. Si c'était ce que Tia voulait, il le lui donnerait. Il ferait tout pour qu'elle soit heureuse et qu'elle ait confiance en lui. Parce que Tia et le bébé allaient peut-être changer sa vie. Combler un vide, un manque. Ses sentiments envers elle avaient déjà évolué. Elle n'était pas seulement la femme qui portait son enfant, donc envers laquelle il avait des devoirs : il commençait vraiment à apprécier les moments partagés avec elle.

Il se doucha, enfila un jean noir et un pull en cachemire, puis se dirigea vers la cuisine.

Quand il voulut remplir la bouilloire, il se rendit compte qu'elle était encore chaude. Tia était déjà debout ? Sa pièce préférée était la véranda, aussi s'y rendit-il. Elle était là, installée dans un fauteuil, sirotant du thé, perdue dans la contemplation du paysage.

Son pouls s'était accéléré. Elle était si belle assise là, songeuse, son visage d'ange encadré par ses boucles brunes ! Elle n'avait pas besoin de maquillage pour rayonner.

C'était plus qu'une attirance physique, constata une nouvelle fois Antonio. Le mot « amour » ne cessait de tourner dans sa tête, mais il ne croyait pas en l'amour. Il n'aurait même pas su définir le terme. Dans son milieu, on ne se mariait pas par amour, mais par devoir ; on faisait des alliances dynastiques et politiques. Son père avait commis cette erreur lors de son premier mariage. Sa femme, Sophia, la mère de Gabriella, n'avait pas supporté la vie au palais et s'était enfuie. S'il épousait Tia, cela risquait de réveiller de mauvais souvenirs ; d'amener un chien dans un jeu de quilles.

Mais peut-être que cela donnerait une nouvelle direction à

son existence. Parce que être avec Tia lui faisait soupçonner qu'il y avait autre chose que le devoir et le travail, dans la vie.

— Bonjour, dit-il.

Elle se tourna vers lui, souriante.

— Bonjour. Je me suis permis de me faire du thé.

— Bien sûr. Tu es ici chez toi.

— J'allais te préparer une tasse, mais je n'étais pas sûre que tu étais réveillé.

Bon sang ! Sa grâce, son sourire timide, ses grands yeux pleins de candeur : cette femme lui faisait un effet fou !

Soudain, elle grimaça et porta la main à son ventre.

— Est-ce que c'est… ?

— Oui, le bébé bouge.

Elle lui prit la main et la posa sur son ventre. C'était étrangement intime. Il en eut le souffle coupé.

— Tu sens ? Dis bonjour au bébé.

— Bonjour, bébé, chuchota-t-il.

Il perçut un coup, comme si le bébé lui disait bonjour en retour. Il en fut émerveillé.

— Il vient de me donner un coup de pied ! Subitement, cela semblait *réel*. Pour la première fois, Antonio avait l'impression d'être connecté avec son enfant. Un enfant qu'il n'avait pas désiré, dont il n'avait jamais rêvé, mais qui à cet instant entra *vraiment* dans sa vie. C'était une émotion soudaine, inattendue, viscérale, plus forte que tout ce qu'il avait ressenti auparavant.

Il dévisagea Tia, bouleversé. Il voyait la mère de son enfant différemment, à présent. Jusqu'alors, il s'était dit que comme ils se connaissaient à peine, ils ne pouvaient rien ressentir l'un pour l'autre ; il réalisait maintenant qu'il était dans le déni total. Parce qu'il éprouvait des sentiments pour elle. Profonds. Inconnus. Effrayants. Il n'avait pas les mots pour les exprimer. Tout ce qu'il savait, c'était qu'il voulait que Tia et leur bébé fassent partie de sa vie.

Le visage émerveillé d'Antonio bouleversait Tia. Avait-elle vraiment vu des larmes dans ses yeux ? L'espoir la submergea. Peut-être qu'il avait eu raison de l'amener dans les montagnes, loin de sa routine londonienne, loin de l'intimidant palais, dans cet endroit magique qu'il aimait tant, où il pouvait être lui-même et non le prince Antonio Valenti. Peut-être que passer du temps ensemble ici, apprendre à se connaître, parler de leurs rêves, de leurs espoirs, de ce qu'ils voulaient pour le bébé les aiderait à trouver un moyen d'avancer.

— Je ne m'attendais pas…, murmura-t-il, tirant Tia de ses pensées.

Il retira sa main, l'air choqué, comme s'il avait soudain conscience d'aller trop loin.

— Je suis désolé. Je ne veux pas te sembler… intrusif, ou déplacé.

Il avait peur de la toucher ? C'était étrange, si l'on songeait qu'ils avaient conçu ce bébé ensemble…

— C'est ton enfant, Antonio. Tu peux le sentir bouger quand tu veux.

Il ne semblait pas à l'aise avec cette idée. Que faudrait-il faire pour qu'il se détende complètement ? se demanda-t-elle.

— Que dirais-tu d'un petit déjeuner ? proposa-t-il.

Tia accepta, et bientôt ils furent attablés en cuisine devant des toasts, du miel et des confitures.

— On va choisir notre sapin, ce matin ? lança-t-il.

— Ce n'est pas un peu exagéré d'acheter un arbre pour trois jours seulement ?

— J'aimerais t'offrir une sorte de Noël.

Antonio cherchait-il à construire avec elle des souvenirs communs, qu'ils pourraient partager un jour avec leur enfant ? S'il pouvait se détendre, s'il était vraiment l'homme qu'elle commençait à apercevoir derrière le prince guindé, alors peut-être avaient-ils vraiment un avenir ensemble. Peut-être qu'ils pourraient former une vraie équipe et avoir le genre de relation idyllique que ses parents avaient eue.

— D'accord, achetons un sapin. Mais un petit !

Tia n'avait jamais vu de telles vitrines de Noël. Chacune avait sa crèche, mais toutes étaient différentes. Les commerçants rivalisaient de créativité pour embellir leur magasin.

— C'est incroyable ! s'exclama-t-elle. Tellement féerique !

— Les crèches dans les vitrines sont une tradition, ici, comme en Italie.

Ils flânèrent un bon moment dans les rues en train d'être décorées pour les fêtes, puis Antonio lui proposa de se rendre au marché de Noël afin de choisir un sapin. Elle accepta. Il était gai, rieur, volontiers taquin. Tia aimait cette facette de sa personnalité. Sans compter qu'elle le trouvait plus beau que jamais – et terriblement sexy…

Elle mourait d'envie de se mettre sur la pointe des pieds, d'enrouler les bras autour de son cou et de lui voler un baiser. Comment réagirait-il ? La repousserait-il ou l'embrasserait-il à son tour ? Elle n'osa pas prendre le risque. Pas avant d'avoir une vision plus nette de ce qu'Antonio ressentait. Alors elle réprima son désir et le suivit jusqu'à la place du marché.

Ils trouvèrent très vite un sapin à la taille et à la forme parfaites. Antonio le paya et demanda à le faire livrer à la maison en fin de matinée.

Ils déambulèrent au milieu des charmants petits chalets en bois du marché de Noël, s'arrêtant ici ou là. Tia tomba en arrêt devant une couronne faite de branches de sapin dans lesquelles étaient entrelacés des fleurs séchées et des rubans.

— Elle te plaît ? s'enquit Antonio.

— Je… Elle serait jolie, accrochée à ta porte, bafouilla-t-elle, prise de court.

— Si ça te rend heureuse, ça me rend heureux, affirma-t-il. Et puis il faut soutenir l'économie locale !

— Merci, c'est adorable.

Touchée par son geste, Tia se laissa volontiers entraîner vers un des cafés de la place.

— Tant que tu n'as pas goûté le chocolat chaud d'ici, tu n'as pas goûté à la perfection.

Le chocolat chaud se révéla en effet délicieux, moins sucré que celui qu'elle buvait en Angleterre. Il était accompagné d'une tranche de panettone au chocolat blanc et au citron.

Après s'être régalée, Tia s'excusa auprès d'Antonio et se dirigea vers les toilettes. Elle se lavait les mains lorsque deux femmes entrèrent. Elles discutaient en italien avec volubilité, mais, même si elles parlaient vite, Tia comprit que le frère de l'une d'entre elles venait de se casser la jambe en faisant du ski. Toutes deux étaient contrariées, car le skieur malheureux devait jouer le rôle du Père Noël le lendemain après-midi pour la fête des enfants. Et aucun remplaçant n'était disponible.

— Nous ne pouvons pas laisser tomber les enfants, se lamenta la plus âgée des deux femmes.

— Je vais continuer mes recherches, mais je commence à penser que nous avons besoin d'un miracle de Noël pour trouver un nouveau *Babbo Natale*, conclut son amie.

Ou peut-être avaient-elles simplement besoin d'un prince…, songea Tia en sortant de la pièce.

Dans le couloir, une affiche annonçait le Noël des enfants. Elle la prit en photo avant de regagner la table où l'attendait Antonio. Si elle pouvait le sensibiliser à l'esprit de Noël lorsqu'ils décoreraient le sapin, alors peut-être accepterait-il d'aider à sauver le Noël des enfants…

À peine Tia s'était-elle levée pour aller aux toilettes qu'une idée frappa Antonio. Une idée parfaite. Qu'est-ce qui allait mieux avec un arbre de Noël qu'un repas de Noël ?

Nathan avait de nombreuses fois évoqué le repas traditionnel anglais, avec des pommes de terre, des choux de Bruxelles, des saucisses enveloppées de bacon et une dinde rôtie. En si peu de temps, il ne réussirait sans doute pas à organiser une telle surprise, mais il pouvait tenter de s'en approcher. Avec un peu d'aide. Et vite, avant que Tia ne revienne à leur table.

Il prit son téléphone dans sa poche et appela Gina, la gouvernante de sa maison. Il lui exposa son plan. Selon Gina, le point sensible serait la cuisson de la dinde – il fallait compter quatre bonnes heures puis la laisser reposer. Antonio essaya de se souvenir des ingrédients que Nathan avait évoqués devant lui et les énuméra à Gina.

— Et je voudrais un pudding, aussi.

— Un pudding anglais ? s'étonna Gina.

— Oui.

— Un pudding maison doit être préparé au moins un mois à l'avance. Et aucun des magasins de Picco Innevato n'en vend.

Elle marqua une pause avant de reprendre :

— Votre Altesse, je sais que cela ne me regarde pas, mais puis-je vous demander pourquoi vous voulez préparer un repas de Noël anglais ?

— C'est pour la sœur de mon meilleur ami, expliqua Antonio. Celle pour laquelle je vous ai demandé d'acheter des vêtements de grossesse. J'aimerais lui faire la surprise ce soir.

— Pourquoi ne pas faire un mélange de traditions anglaises et casavalliennes ? suggéra Gina. Vous pourriez avoir des raviolis ou des gnocchis en entrée, la dinde et tous les accompagnements traditionnels anglais en plat principal, puis des fromages et des beignets de Noël italiens pour finir.

— C'est une excellente idée ! s'exclama Antonio. Merci.

— Si vous voulez lui faire une surprise, vous devez la tenir éloignée de la maison assez longtemps pour que je puisse tout acheter et faire livrer. Disons, deux heures. Voulez-vous que je prépare le dîner ?

La proposition était tentante, mais ce serait la solution de facilité. S'il voulait impressionner Tia, il devait mettre la main à la pâte.

— C'est gentil, mais je veux cuisiner moi-même.

— *Bene*. Je m'occupe de tout et je vous envoie un message quand j'ai fini.

— Merci, Gina. J'apprécie vraiment votre aide.

Il raccrocha rapidement, car Tia approchait de la table. Tout ce qu'il avait à faire maintenant était de la garder loin de la maison pendant quelques heures.

— Et si nous allions acheter des décorations de Noël ? proposa-t-il.

— Avec plaisir.

— Comme ce sera ma première fois, je te laisse le commandement des opérations. De quoi avons-nous besoin ?

— Des lumières, des guirlandes, une décoration spéciale pour le sommet de l'arbre et quelques babioles à suspendre.

— Alors en route ! lança-t-il joyeusement.

Jamais Antonio n'aurait imaginé qu'il existait autant de décorations lumineuses. Il y en avait des blanches, des colorées, des chaudes, des brillantes, des clignotantes, des scintillantes, des ampoules traditionnelles, des LED, sans compter la diversité des formes. Cela l'arrangeait pour sa surprise, aussi prit-il le temps de poser des questions au vendeur et fit-il semblant d'être intéressé par certains aspects techniques. Il donna son avis à Tia, mais prit bien garde de ne pas l'imposer, de la laisser choisir. Il voulait lui montrer qu'il savait écouter, qu'ils pouvaient décider de concert, en équipe. C'était indispensable pour qu'elle lui fasse confiance et accepte de l'épouser.

Une fois choisies les guirlandes lumineuses, ils se mirent en quête des autres décorations. Antonio était très attentif à ce que Tia semblait aimer. Elle finit par opter pour des boules argentées, des bleues, des étoiles dorées et pailletées – dont une grande pour la cime du sapin – et des guirlandes, bleues elles aussi.

Tia s'arrêta devant un étal qui exposait toutes sortes de boules en verre. Antonio nota que son regard était aimanté par une en particulier, dont la gravure délicate figurait les montagnes avoisinantes. Elle portait la mention, gravée elle aussi, « Picco Innevato ».

Il se souvint alors qu'elle lui avait dit que chaque année ses parents, Nathan et elle choisissaient une nouvelle décoration. D'après son expression, il devinait que Tia aimait vraiment cette boule de verre. Il était certain aussi qu'elle la trouvait trop chère pour sa bourse. S'il proposait de l'acheter, elle refuserait, par fierté. Il lui fallait ruser.

— Et si j'achetais cette jolie décoration en l'honneur de notre bébé ? proposa-t-il.

Il crut voir des larmes perler à ses paupières. Un grand sourire illumina son visage – le plus beau des cadeaux pour Antonio.

— C'est un nouveau départ, poursuivit-il d'une voix douce. Nous ne pourrons pas partager ce Noël avec Nathan ni avec mon père. Mais nous pourrons le partager avec ma sœur, notre bébé. Certains sont partis, d'autres arrivent, c'est le cycle de la vie.

Une larme glissa sur la joue de sa belle Anglaise. Il l'effaça du bout du pouce. Ce léger contact le fit frissonner, puis envoya une décharge inattendue de désir le long de ses nerfs. Il s'en voulut aussitôt. Il devait être plus prudent, faire attention à ne pas laisser l'attirance qu'il éprouvait pour Tia Phillips lui brouiller les idées. Il n'était pas question d'autre chose que de faire son devoir, d'agir de manière juste et honorable. Une mission plus compliquée que prévu tant la jeune femme le troublait, le perturbait. Il avait envie d'être auprès de Tia et, à la différence de ses relations passées, ce n'était pas seulement pour le plaisir et l'instant présent.

Lorsque Antonio proposa à Tia d'aller déjeuner, celle-ci protesta qu'elle n'avait pas faim. Elle préférait rentrer à la maison. Antonio dut se montrer persuasif pour réussir à l'entraîner dans un des restaurants du village dont, affirma-t-il, elle devait absolument découvrir les *antipasti*.

Enfin, le message de Gina arriva :

La dinde est au frigo, dans un plat à rôtir, prête à aller au four.

Elle avait ajouté les instructions de cuisson. L'opération « Persuader Tia » pouvait aller de l'avant.

En leur absence, le sapin avait été livré. Antonio demanda à Tia où elle voulait qu'il l'installe. Sans surprise, elle proposa la véranda. Ils choisirent ensemble l'emplacement, en fonction de la vue qu'elle adorait depuis cette pièce.

— Par quelles décorations commence-t-on ? interrogea Antonio.

— Les guirlandes lumineuses. On part d'en haut et on les entrelace avec les branches au fur et à mesure qu'on descend. Le plus simple est sans doute de se tenir chacun de part et d'autre de l'arbre et de se passer les guirlandes.

Antonio se plia à ses directives. Leurs doigts se frôlèrent tandis qu'ils commençaient à revêtir le sapin de son habit de lumière. Antonio s'aperçut que Tia rougissait. Cela signifiait-il qu'il ne la laissait pas indifférente ? Peut-être que, comme lui, elle ne parvenait pas à définir ce qu'elle ressentait.

Lorsque Tia lui transmit la guirlande suivante, il lui effleura délibérément le creux de la paume. Lorsqu'elle leva les yeux sur lui, il soutint son regard. Sa bouche était entrouverte, pulpeuse, tentante. Antonio se souvint soudain de leurs baisers, cette nuit-là. De leurs étreintes. Aussitôt, sa virilité réagit.

Du calme ! s'ordonna-t-il. Ces trois jours étaient censés

être consacrés à apprendre à se connaître. Il ne pouvait pas déjà l'embrasser, même si la tentation était forte ; et qu'il avait la nette impression que Tia était prête à succomber... Mais il devait se maîtriser, comme il avait appris à le faire en tant que prince et en tant que soldat. S'en tenir à sa stratégie. Avancer méthodiquement.

Une fois les guirlandes disposées, Tia les alluma et fit le tour du sapin. Elle sembla satisfaite de ce qu'elle voyait.

— C'est très bien. Pas de trous. On peut mettre l'étoile au sommet, à présent.

— Tu ne fais pas ça en dernier ?

Elle secoua la tête, un sourire mélancolique aux lèvres.

— Maman disait toujours qu'il fallait travailler de haut en bas. Nathan et moi avions l'habitude de nous relayer pour fixer l'étoile. Papa nous soulevait, même quand Nathan avait douze ans et qu'il était très grand. Après la mort de papa, nous montions sur une chaise.

Comment réagirait-elle s'il la soulevait dans ses bras ? Est-ce qu'elle se cabrerait ? Se laisserait-elle aller ? Il ne le saurait qu'en essayant, mais pas question de se montrer directif ni de faire le premier pas sans savoir si elle en avait envie.

— Tu as le choix, aujourd'hui : chaise ou... ?

— Chaise, le coupa-t-elle sans hésiter.

Entre la sécurité et l'aventure, elle avait choisi la première option. Son amorce d'offensive avait échoué, il devait battre en retraite. Il insista néanmoins pour qu'elle s'appuie sur son épaule une fois debout sur la chaise. Pendant que Tia accrochait l'étoile dorée à la cime du sapin, il eut follement envie d'entourer sa taille de ses bras et d'embrasser son ventre ; envie de la porter jusqu'à sa chambre ; envie d'elle, tout simplement.

Bon sang ! Ces trois jours vont être une vraie torture ! se dit-il en s'efforçant de masquer son excitation.

Une fois qu'elle fut redescendue, ils finirent de décorer

leur arbre de Noël avec des guirlandes, des boules, des figurines, des étoiles. La boule en verre achetée en l'honneur de leur bébé fut la dernière à être accrochée à une branche.

Ils étaient côte à côte. Leurs épaules se touchaient presque. Au moment où Antonio se tournait vers Tia, elle pivotait vers lui. Elle avait les lèvres légèrement écartées. Tout ce qu'il avait à faire était de se pencher en avant et de poser la bouche contre la sienne. Elle soutint son regard un instant, puis baissa les yeux sur ses lèvres. Quand elle remonta le regard, il brillait d'un éclat gourmand. Alors, elle ferma les paupières et avança un peu le visage vers le sien. Le cœur d'Antonio manqua un battement : l'invitation était claire.

Maintenant…

Il avait comblé la moitié de la distance entre eux quand l'alarme de son téléphone retentit, le faisant sursauter.

Oh ! non…

Tia avait rouvert les yeux et le dévisageait en plissant le front, l'air à la fois déçue et choquée.

— Désolé, grommela-t-il. C'était pour me souvenir que je dois passer en cuisine.

— En cuisine ? répéta-t-elle, visiblement perplexe. On vient de déjeuner, non ?

— Un truc à faire. Je n'en ai pas pour longtemps. Je reviens tout de suite.

Hélas, Tia le suivit dans la cuisine. Elle s'installa même sur un tabouret de bar. Apparemment, il n'allait pas s'en débarrasser comme ça…

— Que dois-tu faire de si urgent et important ? lui demanda-t-elle, railleuse.

— Puisque tu ne sembles pas décidée à bouger, je vais te le dire : je dois mettre la dinde au four. Je te prépare un dîner de Noël.

— Quoi ? ! s'exclama-t-elle, comme s'il venait d'énoncer une énormité.

— Je sais cuisiner, tu sais, répliqua-t-il, vexé. Et, pour

ta gouverne, sache que je m'habille tout seul, sans valet de chambre.

— Tu me prépares un dîner de Noël, répéta-t-elle avec un grand sourire. Ça alors ! Pour une surprise, c'est une surprise !

— Ce n'est pas un dîner anglais tout à fait traditionnel. J'ai aussi pris des éléments de la cuisine de mon pays, expliqua Antonio en sortant la dinde du réfrigérateur.

— Mon Dieu ! Mais elle est énorme ! s'écria Tia. Et comment est-elle arrivée là ? Elle n'était pas dans le frigo quand j'ai sorti le lait ce matin.

— J'ai appelé Gina pendant que nous étions au café. Elle a organisé cela pour moi.

— Alors peut-être que tu pourrais l'inviter à venir partager cette dinde énorme, suggéra Tia. Elle a de la famille ?

— Elle vit avec son mari. Ses enfants sont grands maintenant, et ils vivent dans la capitale.

— Si tu invites Giacomo, on sera cinq. Ce sera un peu comme un Noël en famille, dit-elle d'un ton mélancolique.

Antonio réalisa alors combien sa famille manquait à Tia. Il ne voulait pas lui présenter la sienne avant qu'elle ait accepté de l'épouser, mais il pouvait inviter Grace Phillips à se joindre à eux.

— Et si je faisais venir ta mère ? proposa-t-il. Donne-moi dix minutes pour arranger ça. Je vais lui trouver un avion privé et une voiture pour l'emmener à l'aéroport de Londres.

Tia secoua la tête en se mordillant la lèvre.

— C'est gentil de ta part, mais le voyage risque de l'épuiser.

— Aide-moi, Tia, murmura-t-il. Qu'est-ce que tu veux ?

— Ce que tu as prévu est parfait. C'est une très belle attention.

— Mais à cinq plutôt qu'à deux, pour que ce soit comme un vrai Noël en famille ?

Elle acquiesça.

— Et maintenant, je vais t'aider à préparer ce dîner. As-tu mis une alarme pour le début de chaque phase ? Nathan était comme toi, il faisait les choses avec une précision militaire, lui aussi.

— C'est la meilleure méthode, soldat ! lança Antonio d'un ton exagérément martial.

Tia éclata de rire.

— Je suppose que tu vas couper tous les légumes exactement à la même longueur, et que tu as un mètre ruban dans un tiroir pour vérifier, le taquina-t-elle en retour.

Antonio plongea dans son regard pétillant. S'il faisait un pas en avant, elle serait contre lui et il pourrait l'embrasser. Elle dut ressentir la flambée de concupiscence qui le consumait soudain, car la panique avait chassé l'amusement dans ses pupilles, désormais. Il comprit qu'elle était d'accord pour jouer, pour flirter, mais pas plus pour l'instant.

Or l'oppresser était tout ce qu'il désirait éviter ; au contraire, il s'agissait de l'amener à se détendre. D'apprendre à la connaître. De la laisser apprendre à le connaître.

— Si nous passons notre temps à parler des légumes au lieu de les préparer, dit-il avec une légèreté qu'il était loin de ressentir, nos invités ne sont pas près de dîner !

Tia lui offrit un sourire reconnaissant, comme si elle avait compris ce qu'il avait failli faire et l'effort que lui avait demandé de s'interrompre dans son élan sensuel. Il était fier d'avoir résisté. Mais combien de temps encore en serait-il capable ?…

Elle ne s'était vraiment pas attendue à une telle attention de la part d'Antonio, dont elle découvrait une autre facette. Il essayait de lui offrir le Noël en famille qui lui manquait tant, comme s'il avait compris que l'important, dans cette fête, c'était le temps passé avec ceux que l'on aimait.

Après tout, peut-être que si elle acceptait de l'épouser,

elle ne serait pas piégée dans un mariage sans sentiments. Peut-être Antonio essayait-il de lui montrer qu'il pouvait lui donner ce à quoi elle aspirait. Qu'il pouvait apprendre à l'aimer et qu'elle pouvait apprendre à l'aimer.

Antonio avait sorti tous les ustensiles dont ils allaient avoir besoin, ainsi que les légumes. Il commença à faire un inventaire des ingrédients :

— Pommes de terre et panais, à faire rôtir et croustiller, carottes, choux de Bruxelles et chou rouge. Chipolatas prêtes à être enveloppées de bacon. Et enfin de la farce. Il manque quelque chose ?

— De la sauce aux airelles ?

— Oui, mais elle n'est pas maison. C'est un bocal.

— Ça ira très bien ! Il faudra s'occuper du jus de viande.

— Je pensais justement te confier la sauce, dit-il presque du bout des lèvres.

— On dirait bien que tu apprends à déléguer, le titilla-t-elle, amusée.

— Je crois que ton frère avait un dicton à propos d'hôpital et de charité, rétorqua Antonio sur le même ton taquin.

Tia s'esclaffa.

— Un point pour toi ! C'est vrai que je ne suis pas très douée pour déléguer, moi non plus.

Sans prévenir, une vague de tristesse la submergea. Ses yeux la piquaient.

— Nathan me manque…

— À moi aussi.

— Si notre bébé est vraiment un garçon, j'aimerais l'appeler Nathan, comme mon frère et mon père. Et son deuxième prénom pourrait être Vincenzo, comme ton père ?

— Ce serait parfait.

Le cœur de Tia s'allégea. Il n'était d'accord que sur les prénoms, certes, mais c'était un bon début. Ils communiquaient. Restait à savoir si le nom de famille du bébé serait Valenti ou Phillips, mais chaque chose en son temps. Si chacun continuait à faire un pas vers l'autre, ils finiraient par se rencontrer.

L'après-midi s'était déroulée comme dans un rêve, se dit Tia en descendant les marches. Antonio et elle avaient préparé le dîner avec de la musique de Noël en arrière-plan. Ils avaient ri, s'étaient chamaillés, éclaboussés, brûlés même. Cela ressemblait vraiment aux Noëls de son enfance, dont les souvenirs lui transperçaient le cœur tant ils étaient doux et joyeux.

Avant l'arrivée de leurs invités, elle s'était douchée et avait enfilé une des jolies tenues achetées par Gina.

— Tu es superbe ! s'exclama Antonio en la voyant.

— Merci.

Lui était tout simplement à tomber, dans un costume sombre magnifiquement coupé, avec une chemise blanche et une cravate en soie. Ses chaussures étaient si bien cirées qu'on pouvait presque se voir dedans ; c'était ainsi aussi que Nathan et leur père polissaient les leurs – une manie militaire ? Le prince soldat réussirait-il à se laisser bousculer dans ses habitudes pour s'occuper d'un bébé ?

Lorsque Gina et son mari Enrico arrivèrent, Tia prit les mains de la gouvernante dans les siennes.

— Je suis ravie de vous rencontrer, dit-elle. Et merci beaucoup de m'avoir trouvé de si beaux vêtements. C'était si gentil de votre part !

— Tout le plaisir est pour moi, *piccola*.

Le dîner fut très gai et animé. Les plats étaient délicieux, et tout le monde les félicita. Tia était surprise de constater à quel point elle s'amusait et à quel point le prince Antonio était détendu.

Au moment du dessert, soudain elle demanda :

— As-tu des projets pour demain ?

— Nous pourrions aller faire un tour dans les montagnes, suggéra-t-il. Sauf si tu as une meilleure idée…

— Lorsque nous étions au café ce matin, j'ai entendu quelqu'un parler de la fête de Noël pour les enfants, qui aura lieu demain après-midi.

— C'est à la salle des fêtes, comme chaque année, intervint Gina. J'avais l'habitude d'aider, quand Chiara et Matteo y assistaient. C'est réservé aux enfants de moins de onze ans. Ils dansent, ils jouent, il y a des friandises, et bien sûr *Babbo Natale*, qui donne un petit cadeau à chaque enfant.

— Hélas, l'homme qui est censé jouer le Père Noël cette année vient de se casser la jambe en skiant.

— Comment le sais-tu ? s'enquit Antonio, l'air perplexe.

— J'ai entendu deux femmes en discuter, au café. Elles disaient qu'elles ne pourraient pas trouver un Père Noël de remplacement.

Tia avait lancé l'hameçon. Antonio allait-il mordre ? L'imminence de la paternité le pousserait-elle à s'investir pour les enfants du village ? Cela ne lui coûterait rien financièrement et impliquerait seulement de donner de son temps et de sa personne.

Comme il ne réagissait pas, elle risqua le tout pour le tout :

— Peut-être pourrais-tu te proposer…

— Moi ?

Il avait l'air aussi choqué que si elle venait de lui suggérer d'enlever tous ses vêtements en public et de danser sur la place du village. Ainsi, il pouvait mettre sa vie en danger en tant que militaire, mais pas sa dignité de prince ?

— Tout ce qu'il faut faire, insista Tia, c'est attacher un oreiller autour de son ventre pour avoir l'air dodu, enfiler un costume et une barbe et dire : « Ho, ho, ho ! »

Se déguiser en Père Noël ? !

Antonio essaya de s'imaginer la scène. Ce n'était pas le

genre de choses que l'on faisait, dans sa famille. Or, dans trois mois, il serait père. Il n'était peut-être pas complètement absurde de commencer à se familiariser avec les enfants – il n'en fréquentait guère, même s'il était parrain d'une association qui aidait les orphelins de guerre.

Son instinct lui disait que Tia serait une mère formidable. Il l'imaginait facilement en train de calmer un bambin agité dans le café où elle travaillait, avec une histoire ou des crayons de couleur. Et il pouvait comprendre l'attrait de la fête des enfants pour elle, étant donné qu'elle avait dû mettre de côté son rêve de devenir institutrice.

Elle semblait vouloir le voir endosser le costume rouge et blanc de *Babbo Natale…* S'il acceptait, cela pourrait être une nouvelle étape dans sa stratégie pour lui prouver qu'ils seraient bien ensemble, qu'il apprendrait à devenir un bon mari et un bon père.

Il prit une grande inspiration et déclara :

— Très bien. Je vais le faire. Gina, savez-vous qui il faut contacter ?

— J'ai pris l'affiche de la fête en photo, indiqua Tia. Le numéro des organisateurs est dessus.

Avant qu'Antonio ait pu répondre, elle avait sorti son téléphone et lui montrait le cliché.

— *Signora* Capelli, lut-il, avant d'être frappé par une évidence : Tu parles italien, Tia ?

Elle hocha la tête.

— Giovanni et Vittoria, mes employeurs, sont originaires de Naples. Au fil des ans, j'ai appris leur langue.

— Si je joue le Père Noël, ça te fera plaisir ? demanda-t-il en italien du tac au tac.

Elle plissa le front, comme si elle cherchait ses mots.

— *Sì. Molto felice.*

Il sourit.

— Alors, pour toi, dit-il en repassant à l'anglais, je vais le faire. Giacomo, est-ce que tu pourras gérer la sécurité ?

— Bien sûr, Votre Altesse, affirma le garde du corps. En fait, je pense que vous ferez un très bon *Babbo Natale*.

— C'est réglé, alors ! Si vous voulez bien m'excuser, je vais téléphoner tout de suite à la *signora* Capelli.

Quelques minutes plus tard, tout était arrangé.

— Ils sont ravis que je puisse les aider, annonça Antonio, avant de se tourner vers Tia : Je leur ai dit que c'était toi qui m'avais persuadé, alors ils aimeraient t'inviter à la fête.

— J'en serais ravie ! s'exclama-t-elle.

Tia rayonnait d'un plaisir si pur, si sincère qu'Antonio ressentit un choc bizarre dans la région de son cœur, comme si quelque chose se fissurait. Déterminé à ne pas s'appesantir, il proposa à tout le monde de passer au salon.

Là, ils jouèrent aux charades, moitié en anglais, moitié en italien. Puis Antonio sortit une boîte, qu'il posa devant Tia. Lorsqu'elle découvrit un exemplaire du jeu musical avec des kazoos dont elle lui avait parlé, des larmes brillèrent dans ses yeux.

— Je l'ai commandé en ligne, expliqua-t-il en lui prenant la main. Mais nous ne sommes pas obligés de jouer si tu ne préfères pas. Je m'excuse de t'avoir bouleversée. Ce n'était pas mon intention.

— Non, c'est une adorable attention, dit-elle d'une voix tremblante. J'ai tellement de bons souvenirs de ce jeu avec maman, papa et Nathan ! Et maintenant, je vais en avoir de beaux avec toi.

Antonio tiqua. Il ne voulait pas que ce soit juste des souvenirs, il voulait que ce soit le début d'une nouvelle tradition entre eux deux. Mais il ne savait pas comment le lui dire. Alors, maladroitement, il serra ses mains.

Pendant la partie, à chaque fois qu'il s'attardait sur Tia, Antonio avait l'impression que son cœur faisait un saut périlleux. Surtout quand son regard se posait sur son ventre. À une ou deux reprises, il eut la nette impression de voir le bébé bouger. Cela l'émerveillait. Jamais il n'aurait pensé ressentir de telles émotions et il ne savait pas vraiment comment y faire face. Alors il s'efforçait d'être un hôte parfait pour ses invités, comme on le lui avait appris.

Tout comme Tia, Gina, Giacomo et Enrico n'avaient aucun problème à se laisser aller. Ils s'esclaffaient, riaient, n'avaient peur ni de se tromper ni de se ridiculiser. En un mot, ils s'amusaient. Il aurait tant voulu pouvoir les imiter ! Devait-il essayer davantage ? Ou peut-être que le but était que cela arrive sans effort, sans y penser, de laisser s'élargir la petite fissure qu'il avait sentie s'ouvrir en lui – et qui hélas ! semblait sur le point de se refermer…

Tia riait tellement depuis le début de la partie qu'elle avait mal au ventre.

— Je vais préparer du thé, annonça-t-elle en se levant. J'ai besoin de ne pas rire pendant cinq minutes.

— Je vous accompagne, dit Gina.

Elle suivit Tia dans la cuisine et remplit le lave-vaisselle pendant que Tia mettait des tasses et une théière sur un plateau.

— Le prince a dit qu'il rangerait demain, mais les hommes ne savent pas remplir un lave-vaisselle ! lança-t-elle avec un clin d'œil.

— C'est ce que Vittoria dit de Giovanni, dans le café où je travaille, dit Tia avec un sourire.

Gina lui rappelait beaucoup sa patronne et la faisait se sentir à l'aise.

— Je connais le prince Antonio depuis qu'il est tout petit. Et c'est la première fois que je le vois aussi détendu. Je ne devrais pas vous demander ça, reprit Gina après une hésitation, mais… ?

Elle avait les yeux rivés sur le ventre de Tia. Celle-ci ne doutait pas que la gouvernante avait les intérêts d'Antonio à cœur.

— Oui, le bébé est le sien. Mais c'est compliqué.

— Antonio a besoin d'amour dans sa vie, affirma Gina avec bienveillance. Le roi Vincenzo a toujours été très guindé avec les deux garçons. La reine Maria l'était un peu moins, mais il y avait toujours un peu de réserve, de retenue. Luca et Antonio n'ont pas eu une enfance normale, même ici. Je pense que vous et le bébé pourriez lui faire du bien. Mais ce ne sont pas mes affaires, pardonnez-moi.

— Si, au contraire, assura Tia. Merci de me parler ainsi. Et cela restera entre nous, bien entendu.

Il ne lui était pas venu à l'esprit que le prince n'avait peut-être pas tout dans sa vie, que son amour et le bébé étaient peut-être un cadeau pour lui. Mais plus elle y pensait, plus elle réalisait qu'ils étaient à l'opposé l'un de l'autre : il était au sommet de l'échelle sociale et financière, contrairement à elle, mais elle était beaucoup plus riche d'amour et de souvenirs que lui.

Elle avait l'impression de s'être beaucoup rapprochée d'Antonio, aujourd'hui ; elle se sentait d'ailleurs proche de tomber amoureuse de l'homme derrière le prince. Mais il ne ressentait pas la même chose pour elle et faisait passer le devoir avant tout. Elle n'avait toujours pas la réponse à la question la plus importante : si elle acceptait de l'épouser, pourrait-il finir par les aimer, le bébé et elle ? Sans compter qu'elle ne devait pas oublier qu'en devenant sa femme, elle serait en permanence exposée au jugement de l'opinion publique…

Décidément, au lieu de l'aider à y voir plus clair, ce séjour lui embrouillait les idées et créait de la confusion dans ses sentiments.

5.

Antonio avait presque fini de nettoyer la cuisine quand son téléphone tinta. Qui lui envoyait un message aussi tard ? Cela devait être important. En saisissant l'appareil, il constata que le SMS provenait de Luca.

J'ai pensé que tu devais être au courant avant que les médias n'en parlent demain.

Il y avait une pièce jointe au message : le texte d'un communiqué de presse. Antonio le lut et poussa un long soupir. Le test ADN avait prouvé que Gabriella était l'aînée du roi Vincenzo, et le palais annonçait qu'elle accéderait au trône à la place de Luca. Leur frère resterait dans son rôle de prince héritier et aiderait sa grande sœur pendant le début de son règne.

Les médias du monde entier allaient faire leur une avec cette nouvelle. Sa famille attendrait de lui qu'il revienne au palais le plus vite possible. Ce qui signifiait que son escapade improvisée avec Tia allait être écourtée. Son devoir l'obligeait à rentrer à la première heure le lendemain matin, voire sur-le-champ.

Or il avait promis d'incarner le Père Noël à la fête des enfants du village.

Compte tenu de la situation, les organisateurs comprendraient qu'il doive annuler à la dernière minute. Mais pouvait-il les laisser dans le pétrin ? Il était homme à tenir ses promesses. Et il ne voulait décevoir ni les enfants ni les villageois – et encore moins Tia. Cependant, s'il ne retournait pas au palais au plus tôt, il décevrait sa famille. Quoi qu'il fasse, il laisserait tomber quelqu'un. Il devait donc raisonner avec le plus de logique possible.

Son frère, sa mère et Gabriella pouvaient se soutenir les uns les autres et bénéficiaient des ressources du palais. Tia n'avait personne. Et, si les médias s'intéressaient à elle par ricochet, sa mère, malade, pourrait en pâtir aussi.

Son choix était fait : il n'allait pas abandonner Tia pour la troisième fois.

Il tapa une réponse à l'intention de Luca :

Merci pour l'info. Je serai de retour dans quelques jours.

Il fut surpris lorsqu'un message lui arriva presque immédiatement :

Miles m'a dit qui était Tia, mais il a refusé de s'étendre sur le sujet. On m'a dit qu'elle avait l'air très enceinte. Je suppose que les félicitations sont de rigueur…

Antonio leva les yeux au ciel. Apparemment, malgré les précautions de Miles Montague, les commérages allaient bon train au palais. Jusqu'où avaient-ils porté ?

Maman le sait-elle ?

Une nouvelle fois, Luca se montra prompt à répondre :

Je n'ai rien dit. Je pense que ça doit venir de toi. Espérons que les médias se concentreront sur Gabi et moi. Reviens dès que possible.

Comme d'habitude, son grand frère parlait avec la voix de la raison.

Entendu. Merci.

Antonio était presque sûr que Luca allait en rester là. Il allait éteindre son téléphone lorsque celui-ci tinta.

Tu as vue sur la neige ?

Luca avait deviné où il s'était réfugié. Picco Innevato était l'endroit où Antonio allait toujours quand il avait besoin de se régénérer après une mission difficile.

Oui.

Sa réponse laconique n'arrêta pas son aîné.

L'esprit de Noël. C'est bien.

Antonio faillit répondre par une boutade : « Qui êtes-vous et qu'avez-vous fait de mon grand frère ? » Mais c'était agréable de sentir que pour une fois Luca n'était pas aussi rigide que leur père.

Oui. J'ai dressé un arbre dans la maison. Je vous enverrai un message quand je serai sur le chemin du retour.

Il n'était pas tout à fait sûr que Luca comprendrait qu'il joue *Babbo Natale* à la fête de Noël des enfants au lieu de rejoindre sa famille dans un moment crucial. Pourtant, la réponse de celui-ci lui fit écarquiller les yeux de surprise.

Bonne chance. J'espère que ça marchera avec Tia. Quand on trouve quelqu'un qui nous aime, c'est spécial.

Alors, Antonio comprit que Luca avait changé. Quand il était revenu de sa rencontre avec Gabriella à Crystal Lake, il était déjà différent. Et Antonio était presque sûr que la raison en était Imogen Albright, la femme qu'il avait rencontrée là-bas et avec laquelle il s'était fiancé. Son frère était amoureux, et cet amour avait fait fondre sa réserve habituelle.

Il n'arrivait pas à se faire à l'idée que son frère aîné lui souhaitait bonne chance en amour, mais il savait aussi qu'il en aurait besoin. S'il n'arrivait pas à persuader Tia de l'aimer, il devait au moins avoir une bonne relation avec la mère de son enfant – un enfant qui allait prendre place dans la lignée des prétendants légitimes au trône de Casavalle.

Au réveil le lendemain matin, Antonio consulta sur son téléphone les principaux sites d'information. Tous évoquaient l'annonce choc concernant Gabriella Ross, la princesse de Casavalle qui avait fait surface après plus de vingt ans et était sur le point de devenir reine. Et un certain nombre de journalistes semblaient avoir remarqué que le prince Antonio n'était pas au palais et se demandaient où il se trouvait…

Heureusement, les villageois de Picco Innevato avaient toujours été protecteurs envers sa famille, et il savait qu'aucun ne révélerait sa présence. Jusqu'à ce qu'il ait persuadé Tia de l'épouser et de lui accorder sa protection, il voulait rester loin des projecteurs.

De toute façon, ils entamaient leur dernière journée complète au village, donc le temps était compté. Il devait conclure les choses ici et retourner au palais.

Il envoya un message à sa mère, à Gabriella et à Miles pour dire qu'il serait de retour le lendemain, car il avait des choses à régler avant. Il resta dans le vague, ce qui les rendrait sans doute furieux, mais il avait appris à l'armée qu'il fallait faire les choses dans le bon ordre. Tia devait passer en premier.

Quand elle descendit, il lui prépara le petit déjeuner. Ce n'était pas le moment de l'inquiéter avec ce qu'il se passait à la capitale. Il voulait se concentrer sur elle.

— Je voudrais te demander conseil.

— Me demander conseil ? répéta-t-elle, l'air surpris. À propos de quoi ?

— La fête des enfants. C'est un peu en dehors de ma sphère habituelle de compétences, ce qui est un euphémisme.

— Tu ne sais pas quoi faire ?

— Non, admit-il.

— Sois juste toi-même. Une fois que tu auras quitté ton costume de Père Noël, sans qu'aucun enfant ne t'ait vu, participe aux jeux avec eux.

Cela pouvait-il vraiment être aussi simple ? se demanda Antonio.

— OK. Mais je devrais peut-être faire plus pour la fête. Je pourrais peut-être payer les cadeaux…

— Noël n'est pas vraiment une question de cadeaux coûteux. Quand tu étais enfant, je sais que les choses étaient un peu différentes pour toi, mais la meilleure partie de Noël n'était-elle pas de jouer avec ton frère ?

Il dut s'avouer qu'elle avait raison. Et que la veille, il n'avait pas été question de cadeaux, mais de s'amuser. Le jeu qu'il avait commandé avait plus d'importance pour Tia que s'il lui avait acheté le plus gros des diamants.

— Et puis je suis sûre que les organisateurs ont déjà tout réglé, reprit-elle. Si tu affirmes que tu vas chercher des cadeaux supplémentaires pour les enfants, c'est un peu comme si tu leur disais que ce qu'ils ont fait n'est pas suffisant.

— Je n'avais pas envisagé les choses sous cet angle, reconnut-il, gêné.

— Tout le monde peut acheter des cadeaux, c'est la solution de facilité. Mais tout le monde n'est pas prêt à se déguiser en Père Noël et à être patient avec les enfants. Les habitants du village apprécieront bien plus ce que tu fais qu'un monceau de cadeaux supplémentaires. Tu donnes quelque chose de toi-même. Ce que les enfants veulent à la fête de Noël, c'est le Père Noël. Et aujourd'hui, ce sera toi.

Tia Phillips avait les manières et, malgré sa beauté, les apparences d'une femme ordinaire, mais Antonio commençait à comprendre à quel point elle était extraordinaire.

— Tu as raison, dit-il. Ils veulent le Père Noël.

Il devrait lui parler du communiqué de presse du palais, surtout que cela les obligerait à quitter Picco Innevato plus tôt que prévu, mais elle attendait cette fête avec tant d'impatience qu'il ne voulait pas lui gâcher la journée. Elle apprendrait la nouvelle bien assez tôt…

Une demi-heure avant le début de l'événement, Antonio, accompagné de Tia, se rendit à la salle des fêtes pour rencontrer les organisateurs.

— Nous sommes si reconnaissants, Votre Altesse ! s'exclama la *signora* Capelli.

— Je suis heureux de faire quelque chose pour le village, dit Antonio. Quel sera mon rôle ?

L'organisatrice indiqua une chaise ornée de guirlandes placée sous une arche décorée elle aussi de guirlandes et d'arbres de Noël découpés, manifestement peints par les enfants.

— *Babbo Natale* s'assied là. Il salue chaque enfant, lui souhaite un joyeux Noël et lui donne un cadeau.

Antonio acquiesça. Jusqu'ici, c'était dans ses cordes.

— Nous avons mis les cadeaux dans des sacs, triés par groupe d'âge, poursuivit la *signora* Capelli. On vous dira le nom et l'âge de chaque enfant juste avant qu'il ne vienne vous voir.

— Merci, dit Antonio. C'est très clair.

— Je… je suppose que vous connaissez les noms de tous vos rennes ? demanda l'organisatrice, visiblement gênée de poser une telle question à son prince.

— Rudolph…

Bon sang ! C'était le seul qui lui venait en tête ! En fait, il n'en connaissait pas d'autres. Tia éclata de rire.

— Ne t'inquiète pas, je vais t'aider. Tornade, Danseuse, Furie, Fringant, Comète, Cupidon, Tonnerre et Éclair.

Pendant qu'il enfilait le costume et la barbe, elle lui fit répéter les noms jusqu'à ce qu'il les sache par cœur. Antonio se rendit compte qu'elle ferait un excellent professeur.

— Tu avais raison, j'ai besoin de rembourrage, dit-il en constatant qu'il flottait dans le costume.

La *signora* Capelli lui apporta quelques coussins. Tia, qui s'était déguisée elle aussi et portait un chapeau avec de faux bois de renne, était incroyablement sexy avec ses immenses yeux bruns et ses cheveux noirs bouclés. Elle l'aida à mettre la touche finale à sa tenue.

— Parfait, lança-t-elle en le détaillant des pieds à la tête, les mains sur les hanches.

Il vit des larmes perler à ses paupières.

— Tia ? Tout va bien ?

— Oui. C'est juste que… Merci de faire ça pour les enfants, Antonio.

Comme prise d'un élan subit, elle le serra dans ses bras ; la sensation de quelque chose qui craquait au milieu de sa poitrine le reprit.

Dès qu'il s'assit sur le trône improvisé, les enfants affluèrent dans la salle et une file d'attente se forma pour le rencontrer. Il perdit rapidement Tia de vue, trop occupé à jouer son rôle. Un enfant lui demanda ce que faisaient les elfes au pôle Nord.

— Ils m'aident à faire des cadeaux et à les emballer pour les enfants, répondit-il, priant de toutes ses forces pour ne pas avoir dit une bêtise.

Les questions sur les noms des rennes de *Babbo Natale* ne manquèrent pas, et il fut reconnaissant à Tia de les lui avoir appris. Tous les gamins semblaient ravis de leur cadeau, mais Antonio se rendit vite compte que Tia avait raison lorsqu'elle disait que Noël n'était pas seulement une affaire de cadeaux : il s'agissait de donner du temps, de l'amour et de la gentillesse. Les sourires sur les visages enfantins lui faisaient chaud au cœur.

Puis un petit garçon s'avança vers lui.

— C'est un cadeau pour Rudolph, lui annonça-t-il fièrement en lui tendant une carotte.

— Merci beaucoup, dit Antonio. Il adore les carottes.

Une petite fille qui devait avoir environ sept ans lui offrit timidement un petit paquet avec un nœud.

— Tu nous apportes des cadeaux chaque année, *Babbo Natale*, dit-elle avec gravité, mais personne ne t'en apporte.

Alors *mamma* m'a aidée à préparer ce cookie ce matin. J'ai mis des pépites dessus et je l'ai emballé juste pour toi.

Une énorme boule se forma dans sa gorge. Cette attention spéciale le bouleversait. Dans son enfance, il avait reçu des cadeaux hors de prix, mais celui-ci était *personnel*. Il lui apprenait la vraie signification de Noël.

— C'est adorable de ta part. Je vais l'apprécier avec mon verre de lait plus tard dans la journée. Merci beaucoup.

Après avoir donné son cadeau au dernier enfant de la file, Antonio salua tout le monde de la grosse voix grave qu'il avait prise pour l'occasion et leur souhaita un joyeux Noël. Puis il regagna la pièce où il avait enfilé le costume. Il le plia soigneusement – Tia le taquinerait sans doute à ce sujet – et se dirigea vers la salle.

Tia l'attendait à l'entrée.

— Tu vas bien ? lui demanda-t-elle.

— Oui. C'était incroyable. Une véritable leçon d'humilité.

Il fit un signe de tête en direction de la salle, où les enfants jouaient joyeusement.

— Tu vois la petite fille, là-bas, avec les cheveux noirs bouclés et la robe bleue ? Elle m'a donné un cookie emballé dans un papier-cadeau. Elle l'avait préparé spécialement pour moi ce matin. Elle m'a dit que personne n'apportait jamais de cadeau à *Babbo Natale* et elle…

Sa voix se brisa sous l'effet de l'émotion. Tia le prit dans ses bras. Il ressentit son empathie : elle devinait à quel point ce cadeau l'avait touché.

— C'est ça Noël. C'est l'intention derrière le cadeau.

À ce moment-là, Antonio sut exactement ce qu'il voulait pour Noël.

Tia.

Et leur bébé.

Mais comment le lui dire ? Les mots ne sortaient pas. Ils restaient coincés dans sa gorge. Pourtant, il la voulait tellement ! Il avait besoin d'elle. Besoin d'eux deux. Pourquoi était-ce si difficile à énoncer ? Pourquoi ne pouvait-il pas ouvrir la bouche et dire : « Tia, ce que je ressens pour toi me fait tourner la tête et je n'arrive pas à trouver les bons mots, mais reste avec moi, s'il te plaît » ?

Ce n'était pas l'endroit non plus. Et c'était trop important pour qu'il gâche tout en laissant échapper le fouillis de pensées et d'émotions qui l'habitaient.

— Retournons à la fête, proposa-t-elle, comme si elle sentait son malaise.

Les enfants insistèrent pour que Tia et lui partagent leur goûter.

— J'adore la bûche au chocolat, dit Tia avec un sourire, en acceptant une tranche.

Ils dansèrent avec les enfants et participèrent à leurs jeux : ils eurent les yeux bandés, les mains attachées, ils soufflèrent dans des pailles, jouèrent aux chaises musicales, firent de la course en sac… C'était très loin de tout ce qu'Antonio avait fait auparavant, et il fut surpris de constater à quel point il s'amusait. Il avait l'impression d'être un autre homme, un membre de la communauté villageoise, plus même que lorsqu'il venait ici, enfant. Il se sentait vraiment lié à son peuple.

Il réalisa alors que l'étrange sensation dans sa poitrine était le bonheur. Ici, à Picco Innevato, à la fête des enfants, il était accepté pour qui il était, au lieu d'être considéré comme un prince. Il n'avait jamais éprouvé ce sentiment dans l'armée, où il avait pourtant vécu les moments les plus heureux de son existence.

Il n'avait pas réussi à convaincre Tia, mais c'était elle qui l'avait – indirectement – persuadé que la vie pouvait être belle, qu'il était bon de faire partie d'une famille. Il aspirait à ce bonheur, désormais. Il voulait voir briller les yeux de Tia, voir son visage rayonner lorsqu'elle dansait avec les enfants, la voir lui sourire avec une chaleur qui faisait chanter son cœur. Et, plus que tout, il désirait la voir danser avec *leur* enfant au milieu de *leur* cuisine. Un moment privé, loin de la formalité de son quotidien.

Une fois la fête terminée, ils aidèrent à ranger, saluèrent les organisateurs et rentrèrent chez lui.

— Je te crois maintenant quand tu affirmes que tu fais ta part du nettoyage, dit-elle en souriant. En te voyant manier ce balai avec une énergie militaire, j'ai…

— Tia, coupa-t-il, les plaisanteries les plus courtes ne sont-elles pas les meilleures ?

— Mais c'était tellement impressionnant ! insista-t-elle, malicieuse. Quand tu balayes le sol, c'est l'essence de la précision, une tactique d'encerclement parfaite, la poussière n'a aucune chance !

Antonio eut soudain la tentation de l'embrasser pour l'empêcher de parler. Mais c'était trop dangereux pour sa tranquillité d'esprit. S'il se laissait aller à ses pulsions, s'il disait la mauvaise chose et la faisait fuir… Il attendrait qu'ils soient rentrés pour décider de la stratégie à tenir. Et peut-être que le chemin du retour lui donnerait assez de temps pour remettre de l'ordre dans ses pensées et ses sentiments.

— Le marché de Noël sur la place est très joli, illuminé pour la nuit.

Tia lui sourit.

— Allons-y !

Et, lorsqu'elle lui permit de lui prendre le bras, il eut l'impression d'avoir conquis le monde.

— Nous avons un marché de Noël un peu comme celui-ci sur la rive sud de Londres, dit-elle. On peut acheter du vin chaud, du chocolat chaud, des gaufres et des cadeaux. Si on traverse la Tamise jusqu'à Somerset House, on peut aller à la patinoire. Mais ici, il y a ces magnifiques crèches un peu partout.

Tia s'arrêta devant un étal qui proposait des boules à neige. Ses yeux semblaient attirés par l'une d'entre elles, une étoile cristalline suspendue à l'intérieur d'un globe posé sur une base en cristal. Elle la prit dans ses mains, la secoua d'un air émerveillé, puis la reposa d'un air déçu après avoir regardé sous le socle.

Antonio avait la conviction qu'elle venait de voir le prix et le jugeait trop élevé pour son budget. Il décida de l'acheter sans qu'elle le sache et de la lui offrir plus tard, en privé. Une surprise. Il se plaça derrière elle pour qu'elle ne puisse pas distinguer son visage, attira l'attention du vendeur et lui fit signe de mettre la boule à neige de côté. Le vendeur jeta un regard à Tia pour s'assurer qu'elle n'avait pas remarqué sa réaction, puis il fit un clin d'œil à Antonio.

Lorsque, dans une autre allée, Tia s'arrêta devant un stand afin de choisir une bougie parfumée pour sa mère, Antonio s'excusa et retourna chercher son cadeau. Le vendeur l'avait emballé dans une boîte attachée avec un ruban écarlate. Antonio paya et glissa la boîte dans sa poche. Jamais il n'avait été aussi impatient d'offrir un cadeau à quelqu'un !

Tia ne savait plus comment ils en étaient arrivés à se tenir la main, mais elle adorait cette sensation tandis qu'ils flânaient de stand en stand.

Durant la fête des enfants, elle avait découvert une toute nouvelle facette de son prince.

Certes, il était encore parfois un peu guindé, mais il avait participé et aidé comme un villageois lambda, lui, le fils du défunt roi de Casavalle. Et il s'était comporté de façon extraordinaire avec les enfants, faisant de son mieux pour leur rendre l'après-midi amusant. Elle avait pris une photo de lui avec son téléphone alors qu'il jouait, entouré de mômes, hilare, et il avait vraiment l'air d'être à sa place.

Cela lui donnait beaucoup d'espoir pour l'avenir. Elle

était désormais persuadée qu'Antonio pourrait devenir un père chaleureux et aimant ; qu'il pourrait échapper à son éducation et apprendre à être lui-même. Et que, peut-être, elle était celle qui pouvait l'aider à se transformer… C'était une perspective à la fois excitante et angoissante : serait-elle à la hauteur ? Pour le bien de leur bébé, il le fallait.

Alors qu'ils montaient les marches menant à la porte d'entrée, Antonio s'arrêta.

— Qu'est-ce que tu vois ? demanda-t-il.

Intriguée, Tia observa autour d'elle.

— Une couronne de Noël sur la porte. De superbes lumières scintillantes sur les arbustes de chaque côté.

— Et ?

Il jeta un coup d'œil vers le haut, lui indiquant où elle devait regarder.

— Du gui !

Elle en eut le souffle coupé. Suggérait-il qu'ils devraient… ?

— Avez-vous une tradition avec le gui, en Italie ? demanda-t-elle, la voix rauque.

— Ici, c'est plutôt la veille du nouvel an qu'on s'embrasse sous le gui. Mais, comme tu es anglaise, je suppose que nous devrions nous plier à ta coutume.

S'embrasser sous le gui à Noël… Ils avaient décoré la maison, Antonio avait préparé un vrai repas de fête, et maintenant du gui ! C'était une sorte de Noël anticipé. Ce n'était pas rien.

Tia ne protesta donc pas lorsque Antonio pencha la tête et l'embrassa. Sa bouche était chaude, douce et attirante. Elle s'abandonna à la tendresse du baiser et glissa les mains dans les cheveux d'Antonio, l'attirant plus près. Il la serra contre son corps athlétique et l'embrassa jusqu'à lui faire tourner la tête.

Soudain une série de coups de pied dans son ventre la fit sursauter. Antonio devait les avoir sentis, lui aussi, car il s'écarta d'elle en riant.

— Je pense que quelqu'un essaye de nous dire quelque chose.

— C'est peut-être l'équivalent en langage bébé de : « Il y a des hôtels pour ça ! », lança-t-elle pour masquer sa déception.

Antonio posa la main sur son ventre.

— Je n'en reviens pas… Notre bébé !

L'expression de son visage était un mélange de fierté, de tendresse et de… *Non !* se reprit-elle. *Ça ne sert à rien d'espérer.* Si Antonio commençait à se sentir proche de leur bébé, c'était déjà une bonne chose. Inutile de se faire des illusions.

Elle frissonna. Il lui effleura la bouche de la sienne à nouveau, puis il déverrouilla la porte d'entrée.

— Désolé. Je ne devrais pas te laisser ainsi dans le froid.

À ce moment précis, Tia eut la furtive impression qu'ils formaient un vrai couple, qui rentrait d'un événement dans le village, tandis qu'ils accrochaient les manteaux sur le portemanteau et gagnaient ensemble la cuisine.

— Alors, tu as apprécié la fête ? demanda-t-elle.

— Plus que je ne le pensais.

Elle lui montra la photo qu'elle avait prise avec son téléphone.

— Tu avais l'air de t'amuser.

— Oui, affirma-t-il. Je n'ai jamais fait ce genre de choses quand j'étais enfant. Mais notre bébé s'amusera, lui !

Alors, Tia eut l'impression que son monde s'illuminait dans une gerbe de couleurs.

— Donc, nous avons des restes pour le dîner, dit-il en souriant. Comment les cuisiniez-vous, quand tu étais enfant ?

— De la dinde froide, des frites maison et de la salade. Et maman faisait une soupe de légumes et de jus de dinde. Nous avions l'habitude de nous emmitoufler et d'aller pique-niquer à la plage, le lendemain de Noël.

Antonia l'entoura de ses bras.

— Je sais que ce ne sera pas pareil, mais nous avons des plages ici. Je serais heureux de t'y emmener.

Toujours sur son petit nuage après leur baiser, Tia eut l'impression à ces mots qu'il voyait un avenir avec elle. Même si une partie d'elle voulait être raisonnable, une autre restait optimiste et romantique. Et, pour l'instant, c'était l'espoir qui triomphait. Mais jusqu'à quand ?…

Après avoir confectionné puis dévoré des sandwichs à la dinde dans la cuisine, ils se blottirent sur le canapé de la véranda, sous la voûte étoilée, et bavardèrent de tout et de rien.

Antonio profitait au maximum de ces moments complices, hors du temps. Tia était si facile à vivre ! Hélas, l'heure du retour au palais approchait inexorablement. Ils allaient devoir affronter la vraie vie, la politique, les médias.

Tia finit par s'endormir contre lui. En écoutant sa respiration paisible, Antonio avait la confirmation qu'il voulait fonder une famille avec elle, vivre loin du palais et faire partie de la communauté du village.

Mais comment le lui dire ? S'il lui demandait sa main maintenant, elle continuerait à penser qu'il le faisait par sens du devoir et de l'honneur.

— Je veux que nous devenions une famille, chuchota-t-il à son oreille.

Elle ne se réveilla pas. Il se déplaça lentement et l'allongea sur le canapé. Puis il l'enveloppa d'une couverture. Elle était si craquante ! *Et tellement à sa place, ici,* songea-t-il. *Dans cette véranda, dans cette maison, dans ce village, avec moi.* Il résista à la tentation de l'embrasser, car il avait autre chose à faire. Une lettre qu'il aurait dû écrire il y a longtemps. Une lettre manuscrite et non un courrier impersonnel tapé à l'ordinateur.

Il alla chercher du papier, une enveloppe et un stylo dans

son bureau et s'installa à la table de la véranda, Tia dans son champ de vision. Il sortit une photo de son portefeuille et commença à écrire.

Quand il eut terminé, il s'agenouilla près de Tia et lui caressa la joue.

— Réveille-toi, *bella*…

Elle ouvrit les yeux, l'air perdu et incroyablement vulnérable.

— C'est l'heure d'aller au lit, dit-il.

Il l'aida à se lever. Elle se mordilla la lèvre avec une moue coupable.

— Désolée. Je ne voulais pas m'endormir sur toi.

— Tu es enceinte de six mois et tu as eu une journée chargée.

À la porte de sa chambre, il ne put résister à l'envie de l'embrasser pour lui dire bonne nuit. Elle lui caressa le visage, les yeux rivés aux siens.

— Antonio…

Il l'embrassa à nouveau.

— Tu restes avec moi ce soir ? demanda-t-elle.

S'endormir avec Tia dans ses bras. Se réveiller avec Tia dans ses bras. Comment pourrait-il résister ? Il la souleva et la porta jusqu'au lit.

Ce fut doux.

Ce fut tendre.

Ce fut intense et délicieux.

Antonio mit du temps à s'endormir, travaillé par la certitude qu'être avec Tia Phillips était ce qu'il voulait plus que tout.

S'il vous plaît, faites qu'elle veuille la même chose.

S'il vous plaît.

Tia fut réveillée au milieu de la nuit par son bébé qui faisait des cabrioles dans son ventre. Les bras d'Antonio l'entouraient ; elle se sentait en sécurité, au chaud et chérie.

Est-ce que ça pourrait marcher, ou était-ce juste un fantasme sans espoir ?

Antonio et elle avaient fait tant de chemin ces deux derniers jours ! Mais même si lui voulait d'elle à ses côtés, sa famille l'accepterait-elle ? Celle de son père avait rejeté Grace, et cette situation avait blessé ses deux parents. Et si c'était la même chose chez les Valenti ?

Dans ce cas, quoi qu'elle fasse, elle serait perdante. Elle ne voulait pas obliger Antonio à choisir entre sa famille et elle, car ce ne serait pas juste. Pourtant, le quitter et emmener le bébé pour vivre anonymement à Londres n'était plus une option à ses yeux. Plus maintenant qu'elle avait vu la joie dans son regard lorsqu'il avait senti leur bébé bouger en elle.

S'il vous plaît, faites que ça marche.

S'il vous plaît...

6.

Ce fut la sonnerie d'un téléphone qui réveilla Tia une seconde fois. Mais cette fois le jour s'était levé. Les événements de la veille au soir lui revinrent aussitôt à l'esprit : comment elle s'était assoupie sur le canapé dans les bras d'Antonio, comment elle lui avait demandé de rester, comment il l'avait portée dans son lit, comment il avait été tendre avec elle ensuite…

Antonio, assis dans le lit, parlait rapidement en italien dans son téléphone ; trop vite pour qu'elle puisse suivre ce qu'il disait, mais, à en croire ses sourcils froncés et son expression contrariée, quelque chose n'allait pas.

Il mit fin à l'appel et continua à tapoter sur son écran, comme s'il cherchait quelque chose.

— Un problème ? lança-t-elle en s'adossant aux oreillers.

— Ah, Tia. Bonjour.

— Que se passe-t-il ? insista-t-elle, anxieuse.

Il grimaça.

— C'était Gina au téléphone. Apparemment les médias ont envahi le village.

— Pourquoi ?

Il lui tendit son téléphone en silence. Sur l'écran, un flux d'informations montrant les premières pages de divers journaux et des titres d'articles. Quelqu'un avait pris des photos la nuit précédente, quand Antonio l'avait embrassée sur le pas de la porte.

L'un des sites avait inventé une sorte d'histoire d'amour

en photos. Sur la première, Antonio l'embrassait ; sur la deuxième, elle glissait ses bras autour de son cou et lui rendait son baiser ; sur la troisième, Tia lui souriait tandis qu'il posait sa main sur son ventre. La première photo avait pour légende : « Qui est cette fille ? » La deuxième : « Juste un baiser ? » La troisième enfin, autour de laquelle avait été dessiné un cœur, était titrée : « Le bébé de l'amour ? » L'article se demandait si elle portait le bébé secret du prince Antonio :

> Est-ce le troisième scandale au sujet d'un bébé à secouer le royaume de Casavalle ces derniers mois ? L'existence de l'aînée des enfants du roi Vincenzo, Gabriella, a été gardée secrète pendant des décennies, la fiancée du prince Luca était enceinte d'un autre homme, et maintenant il semble que ce soit au tour d'Antonio d'apporter sa contribution à cette chronique tapageuse !

Horrifiée, Tia réalisa que cette histoire allait provoquer des remous à Casavalle et à Londres. Si les médias commençaient à chercher son identité, sa mère risquait d'être en première ligne.

Elle survola l'article – principalement des spéculations – jusqu'au dernier paragraphe :

> Le prince Luca a confirmé que sa demi-sœur aînée Gabriella accéderait au trône à sa place. Le couronnement est prévu pour la fin de l'année.

Ainsi, Gabriella allait monter sur le trône ? Quand cela avait-il été décidé ? Antonio ne lui avait rien dit à ce propos, sinon qu'ils attendaient les résultats d'un test ADN.

— Gabriella va vraiment devenir reine ? demanda-t-elle, secouée par toutes ces informations.

— Avec le soutien de notre famille.

— Tu étais au courant ?

— Oui. Luca m'a envoyé le communiqué de presse avant-hier, dans la nuit.

Son estomac se noua tandis qu'elle prenait conscience de la froideur de l'expression et du ton d'Antonio. Elle s'était persuadée qu'il était en train de changer, de se dégeler, mais voilà qu'il redevenait distant avec elle. Il redevenait le prince Antonio. Elle s'était fait des illusions.

— Tu ne m'as rien dit !

Les mots étaient sortis avant qu'elle n'ait pu les arrêter. *Quelle idiote !* Pourquoi se serait-il ouvert à elle des affaires du palais ?

Soudain, une pensée vraiment désagréable se glissa dans sa tête. S'il savait pour le communiqué de presse, il en avait forcément déduit que la presse s'interrogerait sur son absence du palais en ce moment crucial pour la famille royale…

— Tu devais bien savoir que les journalistes voudraient savoir où tu étais…

— Je ne pensais pas qu'ils me trouveraient ici, répliqua-t-il.

Dans la maison de sa famille ? Si elle avait été paparazzi, Picco Innevato aurait été le premier endroit où elle l'aurait cherché ! Il ne mentait pas, elle en était certaine, toutefois elle se sentait manipulée. Elle ne savait pas si elle était plus en colère contre elle-même pour ne pas avoir réalisé que les médias suivraient la trace du prince Antonio de Casavalle jusqu'ici, ou contre lui pour ne pas l'avoir laissée rentrer à Londres, où personne n'aurait jamais rien su d'elle ni du bébé.

La sonnerie du téléphone interrompit le cours de ses pensées. Le nom du secrétaire du palais s'afficha sur l'écran. Elle lui rendit son appareil.

Elle n'entendit pas ce que Miles disait, et Antonio, impassible, répondait seulement par des « Oui », « Non » ou « Je vois ».

— Miles dit que les médias savent qui tu es, que tu vis à Londres et que tu es serveuse, lui annonça-t-il après avoir raccroché.

— Ça veut dire qu'ils vont traquer ma mère, maintenant ? lança-t-elle, consternée.

Et peut-être ses patrons, ses amis, et tous ceux qui l'avaient croisée, même de loin, au cours des années précédentes. Les médias se moquaient de la tranquillité des gens tant qu'ils pouvaient nourrir leurs histoires.

— La probabilité est forte, admit-il. Je suis désolé que tu aies été entraînée dans cette histoire.

— Vraiment ? rétorqua-t-elle, acerbe, toujours en proie au doute. Ou as-tu manigancé cela pour que je sois obligée d'accéder à tes demandes, sachant que tu es le seul à pouvoir protéger ma mère ?

Il la fixa sans rien dire. Avec un sentiment de malaise grandissant, Tia réalisa alors qu'elle n'était pas paranoïaque : c'était vraiment de la manipulation. Elle s'était trompée, la veille, en imaginant qu'Antonio se rapprochait d'elle et en espérant que cela pourrait marcher entre eux. Il ne l'aimait pas, mais, comme elle portait son héritier, il estimait qu'il était de son devoir de donner son nom au bébé. Elle avait déjà refusé de l'épouser, alors il l'avait mise dans une situation où elle n'avait plus le choix.

Le soldat froid et sans émotion était un stratège hors pair. Il savait que Tia ferait tout pour protéger sa mère, accepterait n'importe quoi pour qu'elle ne soit pas harcelée par les médias. Donc il s'était rapproché d'elle, lui avait fait croire qu'il se souciait d'elle, l'avait mise dans une position parfaite pour une séance photo.

Et maintenant…

Elle sursauta en entendant sonner son téléphone. En voyant apparaître le nom de leur voisine, son cœur se figea pendant une seconde. Becky appelait-elle pour lui dire que sa mère était malade, ou pire ? *Oh ! non !* Elle ne pouvait pas perdre le dernier membre de sa famille. *S'il vous plaît. S'il vous plaît !*

— Bonjour, Becky, dit-elle, en essayant d'éviter toute trace de panique dans sa voix. Est-ce que maman va bien ?

— Oui, ma chérie, elle va bien. Ne t'inquiète pas.

Tia commença à frissonner, en réaction à la frayeur qu'elle avait eue. Antonio fit un mouvement pour l'enlacer, mais elle savait désormais que ce n'était pas pour la réconforter. Elle s'éloigna de lui. Heureusement, il comprit et n'insista pas.

— Il y a des journalistes et des photographes partout, reprit Becky. Je suis sortie pour faire des courses et ils n'arrêtaient pas de me poser des questions sur toi. Je leur ai juste dit que tu étais une fille adorable et de te laisser tranquille.

— Merci du fond du cœur, Becky. Je rentre dès que je peux. Je t'enverrai un message avec mon horaire d'arrivée. Et j'appelle maman dans une seconde.

— D'accord, ma chérie. Ne t'inquiète pas, je garde un œil sur elle.

Sa si charmante voisine marqua une pause, avant de reprendre d'une voix un peu hésitante :

— Ton homme est très beau.

Il n'était pas à elle, mais, comme une idiote, elle s'était autorisée à croire qu'il pouvait le devenir. Un vieux dicton ne disait-il pas que « n'est beau que celui qui fait de belles choses » ? Mais elle ne pouvait rien dire à Becky des basses manœuvres d'Antonio.

— Oui, dit-elle, laconique. Je te verrai bientôt. Et merci encore.

Elle raccrocha, le cœur lourd.

— Est-ce que ta mère va bien ? demanda aussitôt Antonio.

Pas grâce à toi ! faillit-elle lui retourner, mais elle réussit à contenir sa colère.

— Oui, dit-elle, glaciale. Ne t'inquiète pas. Tu as gagné. Je ferai ce que tu veux et t'épouserai pour que tu aies ton héritier, mais seulement à condition que tu t'assures que les médias n'importunent pas ma mère.

Au moins, il n'avait pas l'air de triompher. Comme d'habitude, il ne laissait transparaître aucune émotion. Comment son frère avait-il pu être ami avec un homme comme lui ? Était-il totalement différent, au travail ?

Elle soupira. Cela n'avait pas d'importance. Plus rien n'avait d'importance. Elle avait été bien naïve de croire qu'Antonio le Robot commençait à s'intéresser à elle. C'était juste un fin stratège. Qui agissait avec une précision militaire.

— Je vais demander à quelqu'un de s'occuper de ta mère à Londres, dit-il. Mais je pense que le mieux serait de la faire venir à Casavalle.

— Alors elle n'a pas son mot à dire, elle non plus ? Comme le bébé, elle va être un autre pion dans ton jeu ? lança-t-elle avec amertume.

— Tia, ce n'est pas ça du tout…

— Ah bon ? l'interrompit-elle, bravache, les mains sur les hanches. Si tu veux bien m'excuser, j'aimerais me doucher et m'habiller.

Elle allait devoir enfiler des vêtements qu'il avait payés pour elle, parce qu'elle avait été tellement transportée par le magnifique Noël qu'il lui avait préparé qu'elle n'avait pas fait de lessive. Elle n'avait pas le choix. Tout le reste de sa vie, elle n'aurait plus le choix.

À cette seconde, elle se sentait *achetée.*

Tia a déjà pris sa décision, inutile de discuter avec elle, se dit Antonio. Pour l'instant, cela ne ferait qu'empirer les choses. Et, s'il la contrariait, ce serait en plus mauvais pour le bébé. Il avait besoin qu'elle soit calme. Peut-être que, s'il n'envenimait pas la situation, elle prendrait le temps d'y réfléchir à tête reposée et se rendrait compte qu'il n'avait pas essayé de la manipuler. Qu'il avait été pris au dépourvu, lui aussi.

— Je vais organiser un vol de retour au palais, annonça-t-il d'une voix neutre. Et ton retour à Londres. Appelle ta mère et assure-la que je ferai tout ce qui est en mon pouvoir pour la protéger.

— Bien sûr, Votre Altesse.

Aïe ! Ça faisait mal que Tia puisse être si formelle avec lui après ce qu'ils avaient partagé. Qu'elle puisse croire qu'il avait arrangé cette affaire. Cependant, il encaissa sans broncher, impassible, comme son éducation lui avait appris à le faire. Et il agirait avec méthode, rationnellement. Une fois qu'ils seraient au palais, il pourrait commencer à régler les choses avec elle.

— Je laisserai une valise vide devant ta porte, pour tes vêtements.

Comme elle semblait sur le point d'argumenter, il reprit aussitôt :

— Tia, ce sont tes vêtements, maintenant. Il n'y avait ni conditions ni contreparties.

— Je suppose que tu ne peux pas laisser ta future épouse porter des vêtements bon marché en public, rétorqua-t-elle, cynique.

Le caractère injuste de cette pique le blessa et le fit réagir :

— Ne sois pas ridicule !

— Ridicule ?

— J'essayais d'être gentil avec toi en t'achetant ces vêtements, pas de te donner l'impression de m'être redevable. Ni l'argent ni la situation sociale ne sont entrés en ligne de compte.

Elle eut alors l'air penaude, et Antonio se sentit coupable. Il n'aurait pas dû se rebiffer, même si elle s'était injustement emportée contre lui. Entrer en guerre serait inutile, et même contre-productif. Il leva les mains vers elle, paumes ouvertes, en signe d'apaisement.

— Je vais moi aussi prendre une douche, puis je descendrai préparer le petit déjeuner.

Tia hocha la tête, le regard dans le vide. Antonio quitta

sa chambre pour gagner la sienne. Il se doucha et s'habilla rapidement, puis annonça par SMS aux membres de sa famille qu'il serait de retour au palais en fin de matinée. Il décrocha du sapin la boule de verre achetée en l'honneur de leur bébé et l'emballa, puis il ajouta un post-scriptum à la lettre qu'il avait écrite la nuit précédente.

Quelques minutes plus tard, ses affaires préparées, il était prêt à partir.

Depuis que Tia était descendue, Antonio et elle s'étaient à peine adressé la parole. Elle avait grignoté un toast du bout des lèvres et bu une tasse de thé. Ensuite, ils étaient montés à l'arrière de la limousine et Giacomo avait pris le volant.

Durant le trajet vers l'aéroport, Tia regarda par la vitre, silencieuse. Elle sortit à peine de son mutisme pendant le vol de retour.

Comment pouvait-il commencer à réparer les dégâts ? Tia allait l'épouser, ce qu'il voulait depuis qu'elle lui avait annoncé sa grossesse, mais c'était seulement pour mettre sa mère à l'abri de la tempête médiatique. Pas parce qu'elle voulait être avec lui.

Quelle ironie de se retrouver ainsi dans la position de l'arroseur arrosé ! Il avait essayé de la persuader de tomber amoureuse de lui, et c'était lui qui était tombé amoureux d'elle. S'il lui disait ce qu'il ressentait pour elle, s'il trouvait les bons mots, elle ne le croirait sûrement pas. Plus maintenant.

Il avait été honnête avec elle et lui avait dit à quel point il détestait les intrigues du palais, alors comment pouvait-elle croire qu'il l'avait piégée ? Il n'avait pas prévu ce baiser. Il avait eu envie de l'embrasser. Il voulait être avec elle. Il avait été tellement absorbé par ces émotions inattendues qu'il n'avait pas remarqué la présence d'un paparazzi.

Si seulement il était capable de dire ce qu'il ressentait

vraiment… Mais, chaque fois qu'il ouvrait la bouche pour l'avouer à Tia, c'était comme si sa gorge était remplie de sable et que les mots ne voulaient pas sortir.

Au moment où le jet toucha le sol, il se tourna vers elle.

— Préfères-tu aller au palais ou retourner directement à Londres ?

— Est-ce que j'ai le choix ?

La question lui déchira le cœur.

— Bien sûr que tu as le choix.

— Je veux voir ma mère.

Avant qu'il puisse proposer de l'accompagner, elle ajouta :

— J'irai seule. Je suppose que tu as des obligations officielles.

Certes, il devait parler à sa famille et à Miles Montague, mais il voulait la soutenir. Il voulait être avec elle. Et il pensait qu'il devait à sa mère des excuses et une explication personnelle.

— Et je dois voir Giovanni et Vittoria, ajouta Tia. Tout leur expliquer. Ils ont été si bons avec moi et je me sens mal de les laisser tomber. Et j'ai aussi laissé tomber mon amie qui devait partager la garde des enfants avec moi.

La culpabilité envahit Antonio, visqueuse, désagréable. Tia avait une vie sans lui ; or, par égoïsme, il la voulait à Casavalle avec lui, voulait l'arracher à ses proches, à ses soutiens, dont l'existence aussi avait été affectée par cette pagaille.

— Écoute, je vais tout régler, commença-t-il.

— C'est ma vie, pas la tienne, l'interrompit-elle, tranchante. C'est *moi* qui vais me charger de la réorganiser.

— Tu vas quand même laisser mon pilote te ramener à Londres ?

— Tu as peur que je parle par erreur à quelqu'un de mal intentionné à l'aéroport et que je dise quelque chose que je ne devrais pas ?

Antonio se souvint de la conversation qu'il avait déjà

eue avec elle à ce sujet. Décidément, elle le parait de tous les vices. Il s'efforça de rester calme et posé. Néanmoins, il désirait qu'elle entende ses véritables motivations.

— Non, Tia, soupira-t-il. Les médias écriront ce qu'ils veulent, de toute façon. Je te propose mon jet privé parce que tu es enceinte de six mois et que la dernière chose dont tu as besoin est d'attendre pendant des heures une correspondance dans un aéroport bondé.

Elle se détourna. Il ne pouvait plus voir ni son regard ni l'expression de son visage.

— Peu importe. Ça m'est égal.

Comme il était douloureux de la voir si froide avec lui ! Elle ne lui faisait plus confiance. Sa joie de vivre et ses sourires s'étaient envolés. À cause de lui.

Il aurait aimé ramener Tia au palais avant qu'elle n'aille à Londres et la présenter à sa famille. Mais il était certain qu'elle ne serait pas réceptive à une telle suggestion. Alors, il gagna le cockpit et s'arrangea avec l'équipage pour qu'ils emmènent Tia à Londres – et s'occupent d'elle durant le vol.

— Pouvez-vous vous assurer que cette lettre soit remise à son destinataire, demanda-t-il au commandant de bord, et que ces deux paquets soient donnés à la mère de Mlle Phillips ?

— Bien sûr, Votre Altesse.

— Merci.

Il retourna dans la cabine voir Tia.

— S'il te plaît, fais-moi savoir quand tu seras arrivée à Londres.

— Je suis surprise que tu ne veuilles pas mettre une sorte de dispositif de traçage sur mon téléphone, répliqua-t-elle, caustique.

Antonio grimaça.

— Je n'essaye pas de te piéger, Tia.

— Ça ne saute pas aux yeux.

Il aurait fait n'importe quoi pour revenir en arrière, pour retourner à la fête de Noël des enfants durant laquelle il s'était senti si heureux, quand Tia et lui avaient travaillé en équipe. Il avait alors pensé qu'ils se rapprochaient vraiment. Cela s'était confirmé quand il l'avait embrassée sous le gui, quand elle s'était endormie contre lui sur le canapé, quand elle lui avait timidement demandé de rester dormir avec elle…

— Je suis désolé. Ce n'est pas censé être…

Une prison. Sa gorge se serra, et il se tut. N'avait-il pas déjà lui-même eu l'impression au palais d'être enfermé ? Et piégé par les mauvais aspects de la politique ?

— Bon voyage, dit-il simplement.

Il se dirigea vers la porte de l'avion, où l'hôtesse attendait.

— Occupez-vous d'elle pour moi, s'il vous plaît.

La jeune femme dut sentir sa détresse, car elle lui sourit et lui tapota le bras, oublieuse de l'étiquette.

— Tout ira bien, Votre Altesse.

Il ne pensait pas que ce serait le cas. Et il ne pouvait pas supporter de regarder Tia et de constater à quel point elle le détestait.

Lorsque Antonio sortit de l'avion, Tia nota qu'il ne se retournait même pas vers elle. Il était manifestement si sûr de son triomphe qu'il n'avait pas besoin de s'assurer que son *pion* était assis exactement là où il l'avait laissé.

Elle se sentit mal. Elle aurait préféré ne jamais avoir rencontré Antonio Valenti. À cet instant, le bébé réagit et lui donna quelques coups. Elle posa la main sur son ventre.

— Toi, je ne te regrette pas, murmura-t-elle. Mais je pensais que ton père était différent. Qu'il ressentait quelque chose pour moi. Qu'il se souciait de moi. Que ces derniers jours, il m'avait dévoilé sa vraie personnalité, l'homme derrière le prince. Un homme que j'aurais pu vraiment aimer. Mais rien de tout cela n'était vrai. Depuis le début, c'était juste pour me manipuler, m'obliger à me plier à sa volonté.

Elle avait abandonné tout le monde : sa mère, la mémoire de son père et de son frère, ses patrons, ses amis.

Et sa vie n'allait plus jamais être la même.

Antonio toqua à la porte du bureau de sa mère et entra. Elle leva les yeux de son écran d'ordinateur.

— Bonjour, *mamma*.

— Bonjour, Antonio.

Il prit une profonde inspiration.

— Je suis désolé d'avoir… d'être à l'origine de ce scandale.

Alors qu'il s'attendait à des reproches, entendre que son père aurait honte de lui, la reine se leva, s'approcha de lui et prit ses mains dans les siennes.

— Bienvenue à la maison, mon fils. Où est Tia ? Elle se repose ?

— Non. Elle est dans un avion pour Londres.

— Je vois, dit sa mère, l'air déçu. J'aurais aimé la rencontrer, parler un peu avec elle.

— Ce n'est pas sa faute. C'est la mienne. Son départ, le bébé, tout est ma faute.

— Pour l'avoir mise dans l'avion ?

Elle le surprit de nouveau en lui caressant le visage.

— Antonio, on ne doit jamais regretter un bébé. Je vais être grand-mère. C'est une merveilleuse nouvelle.

— Même si… ? Ce bébé n'était pas prévu, maman. Et Tia et moi ne sommes pas mariés.

La reine haussa les épaules.

— Elle me semble très douce, très *vraie*. Tu ne sais pas à quel point je suis heureuse que toi et Luca ayez trouvé quelqu'un à aimer, et que Luca soit fiancé. Je sais combien Imogen l'aime et, d'après les photos que j'ai vues, Tia t'aime aussi.

Non, elle ne l'aimait pas ! Elle avait peut-être commencé à ressentir quelque chose pour lui ces derniers jours, mais il avait réussi à tuer ce sentiment dans l'œuf. À présent, elle le détestait, Antonio en était certain.

— Je me suis inquiétée pour toi, reprit sa mère. Je sais que tu as très mal vécu la mort de ton père.

Antonio ferma les yeux pendant un moment, assailli par les regrets.

— Je ne serai jamais capable de le rendre fier de moi, désormais.

— Il a toujours été fier de toi, Antonio. Il ne savait juste pas comment te le dire. Ton père n'était pas un homme facile. C'était un excellent roi, un homme bon, mais il avait du mal avec la vie de famille. Surtout après le départ de Sophia.

Antonio n'en revenait pas. Ce genre de sujet n'était jamais abordé dans leur famille. Mais Luca avait mentionné en public le passé de leur père, après ses fiançailles. Peut-être que les choses changeaient…

— Il aimait Sophia, mais elle venait d'un autre monde. Elle a eu du mal à s'adapter à notre mode de vie.

« D'un autre monde », comme Tia. Celle-ci, en revanche, pouvait s'adapter à tout, Antonio en était persuadé.

— Continuons cette conversation dans le jardin, proposa sa mère.

Ils sortirent. Même si on était presque en décembre, il y avait encore quelques roses en fleur.

— J'aime ce jardin, déclara Maria. Ton père l'aimait aussi. Il adorait discuter avec le jardinier en chef et choisir les rosiers avec lui. Je pense que s'il avait eu le temps, il aurait souhaité créer ses propres variétés.

Parlait-elle de l'homme avec lequel il avait grandi ? Antonio était stupéfait. Il n'aurait jamais pensé que son père ait pu s'intéresser à autre chose qu'à gouverner.

— Je pensais qu'être roi était toute sa vie, dit-il d'une voix étranglée.

— C'était une très grande partie, mais pas tout. Il était aussi un mari et un père.

Antonio avait du mal à se souvenir d'un moment où son père avait montré ouvertement son affection à sa femme ou à ses enfants. Même à Picco Innevato, son père ne se déconnectait jamais de sa fonction. Il était roi, tout le reste était très bas dans la liste de ses priorités.

— Vincenzo avait du mal à s'ouvrir à ses sentiments, reprit la reine. Sans doute à cause de la façon dont il a été élevé. Pour ses parents, les enfants devaient être invisibles, sauf lors des cérémonies publiques. Ils n'ont jamais dit à Vincenzo qu'ils l'estimaient. Avec le recul, je pense qu'il aurait eu besoin de l'entendre.

— Je ne le lui ai jamais dit, moi non plus, dit Antonio avec une pointe de culpabilité.

— Mais il le savait. Et il vous aimait, même s'il ne vous l'a jamais dit.

— Et toi ?

La question était sortie toute seule. Il grimaça.

— Je te demande pardon. Oublie ma question.

— Non, c'est une bonne question. Moi aussi, bien sûr. Et j'aurais peut-être dû te le dire plus souvent.

La boule dans la gorge d'Antonio était tellement énorme qu'il ne put répondre. Alors il enlaça sa mère et la serra contre lui. Elle lui caressa les cheveux.

— Ton père a été élevé pour être un homme d'État et il a fait en sorte d'être le meilleur homme d'État possible. Je pense qu'il voulait essayer d'être plus proche de toi. C'est pourquoi il a acheté la maison à Picco Innevato, par exemple.

— C'était son idée ? s'exclama Antonio en s'écartant de sa mère, abasourdi

— Oui. Pour que toi et Luca ayez un endroit pour pouvoir être des enfants et non des princes héritiers.

— C'est là que j'ai emmené Tia, avoua-t-il.

— Je l'avais deviné, dit doucement Maria. Je suis ta mère, je sais des choses sans qu'on ait besoin de me les dire. Luca m'a dit que Tia Phillips avait tenté de te contacter à de multiples reprises. Il a supposé que c'était une groupie et a ordonné à Miles de l'ignorer. S'ils m'en avaient parlé, j'aurais pu leur dire qu'elle était la sœur de Nathan. Et je sais combien tu t'en veux pour la mort de ton ami.

Le cœur d'Antonio se serra.

— J'aurais dû être dans cette voiture avec lui.

— Je suis très heureuse que tu ne l'aies pas été ! J'ai de la peine pour sa pauvre mère. Tu sais, je connais bien la peur qu'éprouvent les mères de soldats. L'inquiétude de recevoir ce coup de téléphone. Je me suis efforcée de ne jamais me mettre en travers de ton chemin, mais je détestais l'idée que tu sois en danger tout le temps. Je m'inquiétais pour toi chaque seconde, lorsque tu étais en mission. Ton père aussi, mais il disait que tu devais tracer ton chemin.

— Il avait raison. Et c'est ce que j'ai fait.

— J'aurais aimé qu'il t'écrive une lettre pour te faire part de ce qu'il ressentait. Mais ton père était ton père. Une génération différente.

— Et Luca… ?

— L'amour a changé Luca. Je me sens coupable de ce qui s'est passé avec Meribel. Ça a été dur pour les deux. J'aurais dû intervenir et dire non, lui conseiller de ne pas épouser cette fille puisqu'il ne l'aimait pas vraiment. On ne doit pas tout sacrifier pour son pays. Et toi, alors ? Que vas-tu faire maintenant, avec Tia ?

— Je… Je ne sais pas, *mamma*, soupira-t-il. Elle pense que j'ai tout manigancé, pour la forcer à m'épouser et faire du bébé mon héritier.

— Alors tu dois lui parler. Découvre ce qu'elle veut. Essaye de trouver un compromis où vous serez tous les deux gagnants plutôt que tous les deux perdants. Dis-lui ce que tu ressens.

— Je ne trouve pas les mots, avoua Antonio.

— Alors, dis-le-lui. Demande-lui de t'aider. Et sois

aussi honnête que possible. Parce que toi aussi, tu as l'air amoureux, sur les photos volées.

Luca lui donna le même conseil que leur mère :

— Si tu l'aimes, va la chercher. Et dis-lui que tu l'aimes.

— C'est ce que tu as fait avec Imogen ?

Luca acquiesça.

— La meilleure chose que j'aie jamais faite !

— J'ai peut-être déjà tout gâché.

— Aller à Londres est le seul moyen de le savoir, petit frère !

Antonio n'avait jamais vu son frère aîné aussi détendu et heureux. Était-ce parce qu'il était libéré du poids des attentes de leur père ? Ou était-ce l'amour ? Et, si c'était l'amour, cela pourrait-il fonctionner aussi pour Tia et lui ? Comment la convaincre qu'ils avaient un avenir commun ?

Il n'en avait toujours aucune idée au moment où il alla trouver Gabriella.

— Antonio. C'est bon de te voir ! J'ai vu tous les trucs dans la presse. Ça va, toi ?

— Je pense que j'ai peut-être agi comme un idiot, répondit-il en grimaçant. Comme tous les mâles Valenti, j'ai attendu qu'on se plie à mes désirs et j'ai tenu mes sentiments à l'écart.

— Mais tu peux changer cela.

— Oui. Il est temps que les choses changent à Casavalle, déclara-t-il.

Tout à coup, l'évidence le frappa. Il n'avait pas besoin de refouler ses émotions, comme il l'avait toujours fait. Plus maintenant. Il aimait Tia. Même s'il savait qu'elle ne l'aimait pas en retour, il l'aimait assez pour lui donner ce qu'elle voulait – ne pas être coincée ici, dans ce palais, mais être avec sa mère à Londres.

Alors il irait la voir. Il lui dirait qu'elle n'avait pas à

l'épouser, qu'il les soutiendrait, elle, le bébé et sa mère, s'ils en avaient besoin, tout comme elle avait toujours soutenu sa famille. Si elle finissait par l'aimer, alors peut-être qu'elle viendrait vivre avec lui. Mais il allait la faire passer en premier.

Il prit congé de sa demi-sœur, bien décidé à gagner Londres au plus tôt.

Il n'avait pas encore atteint son bureau quand Miles Montague l'appela.

— J'aimerais vous voir avec votre mère, annonça le secrétaire du palais.

— Si c'est au sujet de Tia, je ne suis pas en mesure de discuter de quoi que ce soit pour le moment.

— C'est à propos de Gabriella.

Antonio fronça les sourcils.

— Gabriella ne devrait-elle pas participer à toutes les discussions la concernant ?

— Ce sont des discussions préliminaires, il n'est pas nécessaire de la déranger pour l'instant. Ce ne sera pas long.

— Très bien, j'arrive, soupira Antonio.

Sa mère était déjà dans le bureau de Miles lorsque Antonio y pénétra.

— Nous organisons un grand bal de présentation en l'honneur de Gabriella avant le couronnement, annonça-t-elle. Pour lui souhaiter la bienvenue à Casavalle.

Antonio se demanda pourquoi ils avaient besoin de lui pour organiser un bal. Miles lui apporta la réponse :

— Et nous devons réfléchir à des partis possibles pour elle.

La politique. Encore et toujours. Antonio croisa ses bras.

— Si vous voulez mon avis, nous devrions arrêter cette discussion dès maintenant. Gabriella choisira son mari. Le dernier mariage arrangé de cette famille n'a pas été un franc succès, si je me souviens bien ! Dois-je vous rappeler que nous sommes au XXIe siècle ?

— On dit que le prince Cesar a rompu avec sa petite amie, reprit Miles, imperturbable. Et il assistera au bal.

Antonio tiqua.

— Cesar Asturias est un séducteur, un play-boy qui ne respecte pas les femmes. Je ne suis pas sûr qu'il soit assez bien pour Gabriella.

— Les choses ne sont pas toujours ce qu'elles semblent être, intervint sa mère. N'oublie pas que les médias te qualifient aussi de play-boy. On ne peut pas dire que tes relations durent vraiment longtemps…

— Parce que je n'ai jamais trouvé la bonne, dit Antonio. Et j'espère que ça va changer.

Il se tourna vers sa mère.

— As-tu vraiment besoin de moi pour discuter de tout ça ? ajouta-t-il. Tu devrais en parler à Gabriella, pas à moi. Je n'ai pas envie d'être ici à échafauder des alliances diplomatiques, je veux voir Tia.

— Alors, vas-y, lui conseilla la reine avec un sourire chaleureux, avant de lui donner une accolade. Bonne chance.

Antonio se dit qu'il allait avoir besoin de plus que de la chance, pour que Tia l'écoute vraiment. Et, si ses mots refusaient encore de sortir, il allait vraiment avoir des problèmes.

Peut-être qu'il devrait essayer de les écrire. Juste pour être sûr.

7.

Londres semblait grise et terne après les grands espaces lumineux de Picco Innevato.

Mais le temps passé à Casavalle n'avait été qu'un mensonge. Elle avait été tellement idiote de croire que le prince Antonio Valenti pourrait s'intéresser à elle ! Et maintenant, Tia allait être piégée dans un mariage avec un homme qui ne l'aimait pas.

Elle posa sa main sur son ventre.

— Pourquoi n'a-t-il pas pu nous laisser disparaître ici ? chuchota-t-elle.

Elle n'en avait aucune idée.

— Tia ? fit la voix de sa mère de l'autre côté de la porte.

Elle força un sourire sur son visage : il n'était pas question que Grace s'inquiète pour elle.

— Entre, maman.

— J'ai pensé que tu aimerais voir ça, dit Grace en lui tendant une boîte en carton. Je te laisse un peu seule.

Avant que Tia ait le temps de réagir, elle ressortit et referma la porte derrière elle. Tia ôta le couvercle de la boîte. Au-dessus de quelques livres et de papiers était posée une photo de Nathan et d'Antonio en treillis, bras dessus bras dessous, souriants.

Ses yeux se mirent à picoter. Comme son frère lui manquait ! Elle retourna la photo et reconnut au dos l'écriture de Nathan : « Pour A : belle journée pour l'équipe de choc ! N ».

Pourquoi une photographie portant un message manifestement adressé à Antonio se trouvait-elle dans les affaires de Nathan ? Son frère ne l'avait-il jamais envoyée ?

Elle replongea dans le petit carton et en sortit une lettre. Qui n'était ni pour Nathan ni de Nathan, mais… d'Antonio ! Et adressée à sa mère.

Elle secoua la tête, perplexe. Pourquoi Antonio écrirait-il à Grace ? Et pourquoi celle-ci lui faisait-elle passer ce courrier ? Était-ce une façon détournée de lui dire quelque chose ?

Chère madame Phillips,

Je tiens à m'excuser sincèrement auprès de vous pour la manière dont j'ai annoncé la mort de Nathan en janvier dernier. J'aurais dû vous dire que Nathan était comme un frère pour moi et qu'il me manque terriblement. J'aurais également dû être là pour vous soutenir, vous et Tia, dans votre chagrin.

Ma seule excuse est qu'il m'est très difficile de montrer mes sentiments. J'ai grandi en sachant que le devoir devait toujours passer en premier. Mais je veux que ce soit différent pour mon enfant, que le bébé soit un garçon ou une fille. Je sais que le bébé sera aimé parce que Tia est sa mère, et elle est formidable.

Je m'excuse aussi pour la façon dont je me suis comporté avec Tia. Je n'avais vraiment pas l'intention de l'abandonner. Pour ma défense, nous avons eu beaucoup d'événements inattendus dans notre famille ces derniers mois et il a été difficile d'y faire face.

Votre fille est une femme extraordinaire. Elle mérite plus que je ne pourrai jamais lui donner. Je lui ai demandé de m'épouser et je sais qu'elle pense que ma seule motivation est le sens du devoir. Mais je pense beaucoup à votre fille et je veux faire partie intégrante de la vie de notre bébé.

Avec votre permission, je voudrais redemander la main de Tia. Cela n'a rien à voir avec les conventions et tout avec ce qu'elle est et ce qu'elle me fait ressentir.

J'essaye d'être plus ouvert à propos de mes émotions et j'espère qu'elle trouvera dans son cœur le moyen de m'aider.

J'ai pensé que vous aimeriez avoir cette photo, prise lors de notre avant-dernière mission. Elle signifie beaucoup pour moi.

Avec mes sincères salutations,

Antonio Valenti.

Tia reposa la lettre, oppressée, le souffle court. Elle était datée de la veille. Le jour du Noël des enfants. Le jour du baiser sous le gui. Que signifiait-elle ? Qu'il l'aimait ? Non, elle n'arrivait pas à se faire à cette idée.

En pleine confusion, elle alla retrouver sa mère dans la cuisine.

— Tout va bien, mon amour ?

— Je suis un peu perdue, admit Tia. Quand as-tu reçu cette lettre ?

— Aujourd'hui, quand la voiture t'a ramenée de l'aéroport. Il y avait aussi deux paquets, avec une note me demandant de te laisser te reposer un peu avant de te les donner.

— Des paquets ?

D'un mouvement de tête, Grace indiqua deux boîtes posées sur le comptoir de la cuisine.

Tia ouvrit la plus petite en premier. *Oh ! Mon Dieu !* C'était la boule de verre gravée représentant *Picco Innevato.*

— Elle est magnifique ! s'exclama Grace. C'est là que vous étiez ?

Tia hocha la tête.

— Antonio l'a achetée en l'honneur du bébé.

— Tout comme ton père et moi avions l'habitude d'acheter

une nouvelle décoration chaque année pour notre arbre, déclara Grace.

— Oui, je le lui ai raconté.

Les mains tremblantes, Tia défit le ruban écarlate de la deuxième boîte. Elle dut retenir ses larmes lorsqu'elle vit la boule à neige nichée dans les billes de polystyrène qui la protégeaient. Quand l'avait-il achetée ? Pendant qu'elle regardait l'étalage de bougies ? Antonio Valenti ne disait peut-être pas grand-chose, mais il était attentif. Il avait vu à quel point elle avait aimé cet objet ; et il avait sans doute deviné qu'elle s'était interdit de dépenser de l'argent pour une babiole, aussi belle soit-elle. Cette boule à neige ressemblait à une véritable déclaration d'amour. Ce n'était pas le prix de l'objet qui parlait, c'était la pensée derrière.

Oui, Antonio l'aimait vraiment, Tia n'avait plus aucun doute. Et c'était la seule manière qu'il avait trouvée de le lui avouer, à la fin d'une année marquée pour lui par une succession d'émotions fortes - la mort de son meilleur ami, de son père, l'apparition d'une demi-sœur et enfin l'annonce de sa paternité. Pas étonnant qu'il ait eu du mal à s'ouvrir à elle. Et elle ne lui avait pas facilité la tâche. Elle l'avait repoussé à cause de sa froideur, puis l'avait accusé de l'avoir manipulée.

Or si elle considérait les faits avec recul et objectivité, qu'avait-il fait ? Il l'avait emmenée loin du palais, dans la maison de sa famille, son refuge. Il s'était efforcé de lui faire passer un vrai Noël en famille, en choisissant avec elle un sapin et des décorations, puis en lui préparant le repas de Noël. Il avait accepté de remplacer le Père Noël à la fête des enfants. Enfin, il l'avait embrassée sous le gui et avait passé la nuit dans ses bras, lui montrant par des gestes plus que par des mots ce qu'il ressentait vraiment pour elle.

N'avait-elle pas été injuste avec lui ?

Au moment où elle se posait cette question, Tia se rendit

compte que des larmes coulaient sur ses joues. Sa mère la prit dans ses bras.

— Tout va bien se passer, mon ange.

— J'ai tout gâché, sanglota-t-elle. J'ai blessé Antonio et je ne sais pas quoi faire.

— Parle-lui. Retourne à Casavalle et dis-lui ce que tu ressens vraiment pour lui.

— Je ne peux pas te laisser à…

— Si, tu le peux, la coupa sa mère avec fermeté. Je me suis toujours sentie mal à l'aise de te voir mettre ta vie sur pause à cause de moi. Je sais que tu m'aimes et que tu t'inquiètes pour moi, mais c'est aussi ce que je ressens pour toi. Et il est grand temps que tu commences à vivre ta propre vie au lieu de la faire tourner autour de moi.

— Mais, maman…

— Tout ce que je veux, c'est te voir heureuse. Alors va voir Antonio.

— Et s'il avait changé d'avis ?

Grace se leva et revint quelques secondes plus tard avec le magazine people qui avait publié les photos d'Antonio et elle.

— Regarde son expression quand il te dévore des yeux, la main posée sur ton ventre. Et regarde la tienne. Ce sont les mêmes. Vous vous aimez, Tia. Tu dois juste lui donner la chance d'apprendre à te le dire.

Tia serra longuement sa mère dans ses bras, en pleurs, puis elle monta dans sa chambre préparer ses bagages. Oui, elle allait avouer son amour à Antonio. Qui sait ? Cela aiderait peut-être le prince de son cœur à franchir le pas en retour…

Tia sortait de la douche et venait d'ouvrir sa valise sur son lit lorsqu'on sonna à la porte. Elle laissa sa mère s'en occuper. Au bout de quelques minutes, elle entendit s'ouvrir la porte d'entrée. Puis la voix de sa mère s'éleva :

— Tia ? Je vais voir Becky. Ah oui : tu peux descendre s'il te plaît ? Tu as de la visite.

Elle fronça les sourcils. De la visite ? Peut-être Giovanni ou Vittoria, se dit-elle dans l'escalier.

Sur le seuil de la cuisine, son cœur s'arrêta de battre.

Oh ! Mon Dieu !

Antonio…

Que devait-elle faire maintenant ? Que devait-elle dire ? La panique lui ôtait tous ses moyens.

— Tu as fait bon vol ? réussit-elle à bredouiller.

— Oui, merci.

Son visage était aussi impassible que d'habitude. Elle n'avait pas la moindre idée de ce qui se passait dans sa tête. Et elle voulait savoir. Elle ne voulait plus espérer, tenter de deviner, tourner autour du pot.

— Pourquoi es-tu ici ?

— Je suis venu te libérer de ton engagement à m'épouser.

Le choc fut si violent que Tia dut s'asseoir. Il n'était pas venu pour donner une suite à sa lettre, mais parce qu'il regrettait de l'avoir écrite, qu'il avait réfléchi et changé d'avis.

— J'ai été égoïste, dit Antonio. Je t'ai forcée à accepter de m'épouser. Je ne t'ai pas laissé le choix et j'ai eu tort. Tu es une femme forte, indépendante et tu es incroyable.

Tia n'arrivait pas à s'y retrouver. Était-il en train de rompre avec elle, ou s'ingéniait-il à lui dire quelque chose d'autre ?

— Je ne suis pas très doué pour montrer mes émotions. Mais à Picco Innevato, tu m'as appris à ressentir ; et à admettre que j'aimais quelqu'un.

Elle le fixait, toujours aussi désemparée. Où voulait-il en venir ?

— Je suis en train de tout gâcher, soupira-t-il. J'essaye de te dire que je…

Que tu… quoi ? avait-elle envie de hurler. *Que tu m'aimes ?*

À la grande stupéfaction de Tia, son inattendu visiteur sortit un morceau de papier de sa poche et y jeta un coup d'œil.

— Je t'aime, Tia. Je veux t'épouser, mais seulement si tu veux m'épouser aussi. Je ne te le demande pas par sens du devoir ou de l'honneur, ou parce que tu es enceinte de mon enfant. Je te le demande parce que je veux être avec toi.

— Est-ce que… est-ce que tu es vraiment en train de me lire ta déclaration ? s'exclama-t-elle, incrédule.

— Oui. Sinon les mots se figent dans ma gorge. Je ne sais pas comment le dire, alors j'ai tout écrit dans l'avion. Mais je ne veux pas que tu penses que… Et voilà, ce n'est pas écrit, je suis coincé !

Tia faillit éclater de rire tant la situation était cocasse, mais elle était surtout touchante. Il avait écrit ses sentiments, avec sa précision militaire habituelle. Et elle avait besoin d'entendre la suite.

— Alors, continue ton discours, dit-elle doucement.

Le visage d'Antonio s'éclaira, et il reprit sa lecture :

— Je sais que tu es assez forte pour faire face à presque tout sans l'aide de personne, et j'admire ta force. Mais tu n'es pas obligée de rester seule. Si tu m'y autorises, je serai à tes côtés, pour toujours. Je serai le meilleur mari possible pour toi, et le père le plus aimant pour notre bébé ; et, si nous avons de la chance, pour nos futurs bébés.

Il releva la tête et rangea son papier dans sa poche.

— Je vais continuer sans le script, à présent. Je t'aime.

— Tu… tu m'aimes ? bafouilla-t-elle, désarçonnée.

— Si je suis vraiment honnête avec toi, je suis tombé amoureux de toi avant même de t'avoir rencontrée, en écoutant Nathan parler de toi. Mais, quand je t'ai enfin rencontrée, tout avait horriblement mal tourné. Je me sentais coupable de la mort de Nathan.

— Ce n'était pas ta faute.

— Je me sentais quand même coupable. La culpabilité du survivant, sans doute. En plus, tu es sa petite sœur, donc sacrée. J'étais désorienté : je te désirais et je me sentais coupable de ça aussi. En plus, je n'ai pas été à la hauteur avec vous après la mort de Nathan.

— Ne sois pas trop dur envers toi-même. Tu avais des circonstances atténuantes.

Il lui prit les mains.

— J'aurais quand même dû être plus présent. Je suis désolé de t'avoir laissée tomber.

— Tu es là maintenant. Et tu n'es pas le seul à avoir refoulé tes émotions. Je ne pouvais pas pleurer mon frère parce que je pensais que je devais être forte pour maman. Et j'avais tort.

Antonio se pencha au-dessus de la table et l'embrassa avec douceur.

— Tu n'as pas besoin d'être forte tout le temps, et moi non plus. Nous nous soutiendrons l'un l'autre.

Tia crut que son cœur allait exploser de bonheur.

— Je t'aime, Antonio.

Alors, à sa grande surprise, Antonio se laissa glisser de sa chaise et se mit à genoux devant elle.

— Tu n'es pas obligée de me répondre maintenant, mais veux-tu m'épouser, Tia Phillips ? Pas parce que je pense que c'est mon devoir, mais parce que nous nous aimons et que nous voulons fonder une famille ensemble.

Tia ne put retenir ses larmes, des larmes de joie et de soulagement. Antonio était l'homme de sa vie, elle avait confiance en lui et en leur amour.

Elle se leva et fit se redresser Antonio.

— Oui, je le veux, chuchota-t-elle contre les lèvres de son prince charmant.

Puis ils s'embrassèrent, et le monde autour d'elle disparut.

Épilogue

Saint-Valentin

Une semaine après la naissance de son fils, Tia ne se lassait toujours pas de le regarder dormir.

— Je n'arrive pas à croire que nous ayons conçu un être aussi parfait, chuchota-t-elle.

— Nathan Vincenzo Valenti, le plus beau bébé du monde, renchérit Antonio en glissant un bras autour de ses épaules.

— Je ne pensais pas que je serais un jour aussi heureuse. Ta famille est merveilleuse : elle nous a tellement bien accueillies, maman et moi !

— C'est aussi ta famille, désormais, Tia Valenti, lui répliqua-t-il, malicieux.

Tia embrassa son mari.

— Je t'aime, Antonio.

— Tant mieux ! Parce que je t'aime aussi.

Ils étaient encore en train de contempler leur fils endormi quand Grace les rejoignit dans la nurserie.

— Est-ce qu'il dort ? murmura-t-elle.

— Oui, répondit Antonio.

— Alors je reviendrai pour un câlin plus tard.

Ils la suivirent dans le salon.

— Tu déjeunes avec nous aujourd'hui, maman ?

— Non, j'ai déjà quelque chose de prévu.

— Où vas-tu ?

— Miles dit que c'est une surprise, dit sa mère en rougissant

Tia échangea un regard entendu avec Antonio. Ils avaient remarqué que le secrétaire du palais passait beaucoup de temps avec Grace, depuis qu'ils avaient organisé ensemble le mariage de Tia et Antonio.

— Amuse-toi bien, dit-elle en embrassant sa mère.

Grace sortie, Antonio se tourna vers Tia.

— J'ai l'impression qu'il y a de la romance dans l'air.

— Moi aussi, et j'en suis très contente ! Maman a été seule pendant trop longtemps. Et j'aime bien Miles. Il est gentil.

— Je n'ai jamais pensé pouvoir être aussi heureux à Casavalle. Mais les choses ont changé au palais. Tout semble plus léger, plus joyeux et moins formel. Toi, Imogen, Gabi et Grace avez investi les lieux, et ma mère s'est épanouie. Je vis dans un monde merveilleux désormais. Grâce à toi.

C'était aussi grâce au nouvel Antonio, qui avait définitivement perdu sa carapace froide et distante. Tout le monde l'adorait au palais, et l'arrivée de leur bébé avait permis d'y laisser entrer et rayonner la chaleur de l'amour.

En public aussi, Antonio était ouvertement affectueux avec elle : il lui tenait la main, glissait le bras autour de sa taille et lui volait souvent des baisers. Il était définitivement l'homme de ses rêves !

— On n'est pas obligés de déjeuner, tu sais, lui susurra Tia à l'oreille, langoureuse. On pourrait juste aller se blottir sous les couvertures…

— Excellente idée !

Il la prit dans ses bras, la porta dans leur chambre et la déposa sur le lit.

— Je suis la femme la plus heureuse du monde. J'ai vraiment de la chance !

— *Nous* avons de la chance, déclara Antonio. Et je veux

partager ce bonheur avec la terre entière. Parce que l'amour est le plus beau des cadeaux.

Oh que oui ! songea Tia.

Et elle s'abandonna aux baisers de son prince, avec la certitude que leur amour rimait avec toujours.

Retrouvez prochainement,
dans votre collection

AZUR

Un roi pour patron, de Millie Adams - N°4411

Rien ni personne ne résiste au roi Matteo de la Cruz. Aussi est-il stupéfait quand Livia, sa parfaite assistante dont il ne sait plus se passer, refuse sa demande en mariage. Certes, il ne s'agirait entre eux que d'un arrangement dénué de sentiments mais Livia, qu'il a autrefois sortie du ruisseau, n'en tirerait que des avantages… Or, alors qu'il essaye de la faire revenir à la raison, Livia pousse l'affront jusqu'à lui présenter sa démission. Un rejet que Matteo n'est pas prêt à accepter. Bientôt, son assistante sera sa reine !

Un secret à Noël, de Sharon Kendrick - N°4412

Embauchée comme serveuse à l'occasion d'un gala de Noël, Hollie tombe sous le charme de Maximo Diaz, un irrésistible milliardaire espagnol. Aussi, quand celui-ci l'invite à partager une nuit avec lui – une seule ! –, cède-t-elle à la tentation, tout en sachant que cet homme restera à jamais hors d'atteinte. Mais voilà que peu de temps après cette parenthèse passionnée Hollie se découvre enceinte. Désormais, elle n'a d'autre choix que de se rendre au château de l'homme solitaire et envoûtant qui lui a fait perdre la raison, pour lui révéler qu'il sera bientôt père…

Le retour de Duarte Avelar, d'Amanda Cinelli - N°4413

Duarte a vécu l'enfer. Revenu d'entre les morts, il s'est battu pour rentrer chez lui, alors que tous le croyaient disparu à jamais. Pressé de renouer avec la vie qui lui a été arrachée – celle d'un milliardaire à qui tout réussit –, il doit d'abord recouvrer la mémoire. Or la clé de ses souvenirs pourrait bien être une jeune femme qui hante ses nuits. Sitôt qu'il l'a identifiée, Duarte se précipite donc à Rio pour trouver Nora Beckett, sans savoir quel lien existe entre eux. Et c'est avec stupeur qu'il découvre que la belle attend un enfant de lui !

Une reine à New York, de Natalie Anderson - N°4414

Prendre la place de sa jumelle. Au départ, l'idée paraissait séduisante à la reine Jade. Quitter son palais de Monrova – et ses devoirs – pour passer Noël à New York lui semblait même le comble de l'audace. Seulement voilà, avant de pouvoir profiter de sa liberté, elle doit affronter Alvaro Byrne, le patron de sa sœur. Saura-t-elle convaincre cet homme exigeant et autoritaire qu'elle est sa précieuse collaboratrice ? Surtout, parviendra-t-elle à ignorer le désir qu'il fait naître en elle pour jouer son rôle ?

Séduction au palazzo, de Julia James - N°4415

Jenna retient son souffle, tandis qu'elle pénètre dans le *palazzo* du signor Evandro Rocceforte. C'est là, au cœur de la campagne piémontaise, qu'elle vivra quelques semaines en tant que tutrice de la petite Amélie, la fille du maître des lieux. Si cette perspective la réjouit de prime abord, Jenna ne tarde pas à prendre peur. En effet, la cohabitation avec son mystérieux patron pourrait s'avérer plus difficile que prévu, si elle en croit la passion qui brûle aussitôt entre eux, intense et interdite...

L'hiver d'une princesse, de Leah Ashton - N°4416

Alors qu'elle s'apprête à épouser un homme qu'elle n'aime pas, Ana, princesse de Vela Alda, prend la fuite. Persuadée d'avoir fait le bon choix, elle doit toutefois trouver un refuge, et vite. Et c'est chez Rhys North, un expert en sécurité ami de son frère, qu'elle pose ses bagages. Auprès de cet homme protecteur, elle espère échapper au scandale provoqué par ses noces interrompues. Mais c'est une tout autre rumeur qui menace bientôt sa fragile sérénité. Conquise par Rhys, Ana entame une liaison avec lui – et se retrouve enceinte...

Une promesse à honorer, de Jessica Gilmore - N°4417

Sous le choc, Amber aperçoit dans la foule le prince Tristano Ragrazzi. Loin d'être un inconnu pour elle, cet homme est l'incarnation de l'existence dorée mais dénuée de liberté qu'elle a fuie huit ans auparavant. Promise autrefois à Tristano, elle a en effet brisé leur mariage arrangé sans un mot, pour se fondre dans l'anonymat. Impossible aujourd'hui de renier plus longtemps son titre de princesse et les responsabilités qui lui incombent, car Tristano exige qu'elle rentre avec lui au palais d'Elsornia et qu'enfin elle l'épouse !

Des jumeaux pour un milliardaire,
de Lynne Graham - N°4418

SÉRIE : *LES MARIÉES DE NOËL* - 2/2

Amy accueille toujours Noël avec joie – sans doute parce qu'elle a été privée de fêtes toute son enfance. Mais cette année son bonheur est à son comble. Depuis sa rencontre avec Sevastiano Cantarelli, elle se sent pousser des ailes... au point qu'elle finit par s'abandonner à la passion entre ses bras. Un moment d'égarement qu'elle ne tarde pas à regretter, hélas ! Car tout en prenant conscience que Sevastiano ne partagera jamais ses sentiments Amy découvre qu'elle attend des jumeaux de lui...

Son ennemi pour amant, de Kate Summer - N°4419

SÉRIE : *LES TSARAKIS* - 3/3

Se venger de l'homme à cause duquel il a perdu sa famille et l'atteindre dans ce qu'il a de plus cher, c'est le seul objectif de Theo Tsarakis. Pourtant, quand il rencontre la belle-fille de son ennemi pour lui annoncer que le contrat qui aurait pu lancer sa carrière de jeune photographe est annulé, il se sent étrangement déstabilisé. Juliet est belle, pleine de charme, terriblement séduisante... Devant son regard innocent, Theo se sent soudain incapable de s'en prendre à elle. Avant de trouver la solution à son dilemme : il fera de Juliet sa maîtresse, avant de la quitter en lui révélant qui est réellement ce beau-père qu'elle adore...

Un trône pour Noël, de Nina Milne - N°4420

SÉRIE : *NOËL ROYAL À CASAVALLE* - 3/3

Gabriella vient tout juste de découvrir qu'elle est une princesse, l'héritière du trône de Casavalle. Et elle a les plus grandes difficultés à s'adapter à son nouveau statut royal. Alors qu'un soir d'hiver elle cherche à oublier son devoir le temps d'une chevauchée, elle rencontre un sublime inconnu qui fait aussitôt battre son cœur. Quelle n'est pas sa surprise d'apprendre bientôt que celui qui l'a conquise d'un seul regard n'est autre que le prince Cesar d'Aguilarez, à qui sa famille la destine ! Gabriella n'a aucune envie de contracter une union de convenance, mais se pourrait-il que devoir et désir se mêlent pour transformer ces noces arrangées en un mariage d'amour ?

**À la merci de Dario Olivero,
de Kate Walker - N°4421**

Afin de décourager un prétendant trop insistant, Alyse a mis au point un plan parfait : elle va séduire un inconnu à la soirée de gala à laquelle elle est invitée. Un plan parfait, vraiment ? En théorie seulement. Car, sous les baisers brûlants de Dario Olivero, cet Italien plus époustouflant que tous les princes de contes de fées, elle se sent happée par la passion. Frappée par un véritable coup de foudre ! Et elle, d'habitude si sage, se laisse surprendre dans une position compromettante par son amoureux éconduit... Désormais, la voilà seule, fuyant dans la nuit. Car son prétendant lui a annoncé qu'il n'hésiterait pas, pour laver cet affront, à se venger d'elle et de sa famille...